双葉文庫

小森生活向上クラブ

室積光

小森生活向上クラブ

1

若い頃は何を食べてもうまかった。

小森正一《こもりしょういち》は、二十歳の頃を思い出す。学生食堂の定食の味噌汁ですら、まずいと思ってすすったことはない。

それが四十歳になった今は、朝のコーヒーも味わうというより習慣として流し込んでいる感じだ。このところ健康的な食欲を感じたことはない。

(それに笑うことも減ったな)

朝独特の雑多なにおいのする満員電車の中で、小森はボンヤリと考えていた。

勤め始めてどれ位たってからだろう。こうやって何事も深く考えず、ニュートラルな精神状態で思考を泳がせるようになったのは。つまらぬ会議などで、苦痛なほど退屈なときも、こうやってやり過ごしているのだ。

(生活の知恵)

そんな言葉が、泡のようにポッカリと浮かぶ。

ターミナル駅に着いた。

意思とは無関係に、流れに任せてホームに吐き出される。

その中で一人の女子高生が大声をあげた。小森と同じ半覚醒状態にあった人々が、反射的に顔を向ける。

「この人痴漢です！」

指差されて、表情を凍らせている中年のサラリーマン。

きびきびとした動きで、数人の男女がその男を取り囲んだ。中の一人が不思議な冷静さで告げる。

「現行犯ですから」

凍った表情のまま、サッと青ざめる男。

(警官が乗ってたんだ。最近痴漢が多いらしいからな)

事情を一人納得して、再び歩き出そうとしたとき、

「ストレス溜《たま》ってんだよ」

若いサラリーマンが連れらしい男に話しながら小森の横を過ぎた。

(ストレスが痴漢の弁明になるものか)

小森は青臭いほどの正義感を持っていた。それを振りかざすことはないが、常に「正

しい憤《いきどお》り」を内在させている。

子供の頃からそうだった。小さな不正も許せなかった。不正に対しては制裁を加えた。

中学生のときに、担任の先生から、

「小森、世の中は強い人間ばかりじゃないんだ。人の弱さも認めてやれ」

と説教されたことがあった。定年間近の老教師だった。そう語りかけられた前後のいきさつは忘れてしまったが、たぶんクラブをサボった下級生にきつく当たったか何かだったと思う。

そのときも小森は反発していた。弱さを認めよというのが、その教師自身の救済を求めているように感じたからかもしれない。若さゆえの残酷さから、校長にも教頭にもなれなかったその教師の人生を小森は軽蔑《けいべつ》していた。

そのときと同じ気分で、痴漢とそれに多少同情的な発言をした人間を見てしまう。ストレスに負ける弱さを小森は認めなかった。

地下鉄を乗り継ぎ会社に着く。いつも通りの時刻に自分のデスクに向かう。

悩み多き一日が始まる。

このところの小森を悩ませているのは、新入社員の北沢《きたざわ》だった。

「摑《つか》み所がない」

というのが、小森の北沢に対する評価のすべてである。

いつも、一見反抗的な表情で北沢は小森の前に立つ。不満があるのかと思うとそうでもないらしい。しかし、小森が話している間はずっと無表情で、心ここにあらずといった感じだ。聞いてないわけでもなさそうだが、冗談を言っても反応はない。

「聞いてないわけでもなさそう」と言うのは、言われたことはやるからだ。

だが、言われたことしかしない。

（こいつは馬鹿なのか？）

と、一度ならず思った。世間に名の通った大学を、浪人も留年もせずにきっちり四年で卒業した人間とはとても信じられない。

操り人形と呼べなくもないが、たまに勝手に動くところが、操り人形にしてもタチが悪い。

入社後間もない頃、仕事が中途半端なまま帰宅してしまったことが何度かあった。当然小森は叱ったが、そんなときでも無反応なので、誰を叱っているのかわからなくなりそうだった。そしてそのうちに、叱っている自分の方が間違っているような錯覚に陥った。

（俺が嫌いなのだろう）

と思っていたが、

（俺の存在など無視しているのだろう）

と思うようになった。

嫌うより悪い。

(俺がこの年齢の頃には仲間とよく笑ったもんだ)

と小森は思い、最近笑うことの減った自分が、北沢に似てきているようで腹が立った。仕事中ずっと、北沢は小森をイライラさせた。もういい加減にこの男に慣れようと思うのだが、無理だ。

昼休みまでには、苦い胃液が口の中に充満しているように小森は感じた。

午後も耐えるのは小森の方だった。北沢はこれまでの人生で、およそ「我慢」や「忍耐」といったものに無縁だったろう。小森はそれを羨《うらや》ましいと思い、次に、

(こんな奴の人生なんて真っ平だ)

と、羨んだ自分に腹を立てた。

帰りの電車の中で、腹を立ててばかりの自分に気づき、

(幸福について考えよう)

と思ったが、すぐにやめた。やめて、修行僧のように心を「浮かせ」た。

帰宅すると、妻の妙子《たえこ》は疲れた小森をいたわって気を遣《つか》ってくれるが、踏み込んで話を聞こうとはしなかった。先に夕食を済ませた中学二年生の息子の敏宏《としひろ》は部屋で勉強中のようだ。小学五年生の娘の美香《みか》はテレビを観ている。

自分の家にいてさえもニュートラルに心を漂わせる自分がいる。何か、真剣にものを考えると仕事のストレスが押し寄せてきそうだ。そういえばこのところ読書もしていない。仕事以外のことに精神を集中させることがつらいのだ。

風呂からあがると、内容のないテレビ番組を、そうとわかっていて観ている。いや観ているというより、ブラウン管に顔を向けているというのが正しい言い方ではなかろうか。

やがて自分の定めている時刻になると、

(寝る時間だ)

そう思ってベッドに向かう。

この就寝時刻も何かの理由や根拠があるわけではない。なんとなく人並みの就寝時刻と思っているだけだ。

灯りを消して目を閉じる。

疲れているのにぐっすり眠れない。

(眠れない。疲れているからだ)

ベッドの中で、何度かそう思っているうちに目覚まし時計が鳴った。

子供たちより先に朝食を済ませる。妙子との朝の会話は極めて少ない。

ここ数週間で一番長い夫婦の会話は、

「今日は燃えないゴミを出してもいいのか?」

というものだった。そのときは、小森は自分が妻の言いなりになって、知らずにルールを破ってしまう事態を恐れたのだった。社会人として定められたルールを破るのはよくない。

コーヒーを流し込む。もう長い間、うまいと感じない朝の一杯だ。

(さあ、また繰り返しが始まる)

何年か前は、自嘲的にそう思ったものだが、今は(さあ)とも思わない。

自宅のあるマンションから駅までの道では、顔だけを知っているご近所さんが無言の行進をしている。それぞれの人生がこの通勤のわずかな時間だけ交錯しているわけだが、そのことに感動したことはない。お互いさまだ。小森自身もこの人々にとっては毎朝見かける「顔だけ知ってるご近所さん」に過ぎない。

いつもの電車にいつものドアから乗り込む。

いつも通り満員の車内は、不自然に静かで、雑多なにおいが充満している。

電車のリズムに合わせて、乗客全体が一つの有機体のように揺れている。自分の個性がその中に埋没していくことは、情けないと同時に快感でもあった。

この国の歴史に自分が何の痕跡も残さないであろうことは、ある程度の年齢になればわかることだ。別に若い頃に壮大な野心を持っていたわけではないが、この諦念《ていねん》が社会での小森の存在を安定したものにしてくれている。この車内の乗客は、同じような立場と意識の人々の集合体である。

まだ若手の社会人だった頃、そんな風に考えた小森は、この乗客たちは「同志」ではなく「共犯」と呼ぶのが相応《ふさわ》しいと思ったものだ。

今の小森にとって、この通勤の時間はそんな言葉遊びを楽しむ時間でもない。ひたすら心を「浮かす」のだ。

だがこの日はそうやって「浮いて」いられない事態が小森に降りかかった。

小森の前に小柄な女が立っていた。二十五、六歳の陰気な雰囲気の女だ。陰気なのは眉のせいだ。今どきの若い女には珍しく、この女は眉を手入れしていなかった。そのボウボウの眉を、常に暗くひそめている。

目も暗く底意地が悪そうで、鼻は不釣り合いに大きい。口を半開きにして呼吸している。

(ブス)

と小森は思い、

(最近じゃ珍しいぐらいに田舎臭い娘だな)

と軽蔑した。

そのとき、女がロバのように長い顔を歪めて、小森をチラッと見た。

小森は、胸の内を見透かされたようでドキリとした。表情に出たかもしれない。

同時に、鞄《かばん》を抱えた肘が女の胸に接していることに小森は気づいた。

女は満員の電車の中で、無理に体の向きを変えた。

「どうしたの？　オジカちゃん」

連れらしい娘が、「ロバ女」に尋ねた。その娘は、小森から見るとまともな容姿をしていた。

「この電車、最近痴漢が多いのよね」

小柄でやせたロバ女は、目の前の連れに答えるにしては大きな声で言った。

「嫌になっちゃう。恥ずかしくないのかしら」

そう言って、ロバ女は小森の方に視線を向けた。

（え？　俺のことか？）

そう思うと、小森はムカーッとした。顔が赤くなっていたと思う。

「奥さんも子供もいるでしょうに。こんな姿、家族に見せられないわよね」

また大きめの声で言うので、周囲はロバ女と小森を見た。

（誰がこんな女を）

と小森は思ったが、何も言わなかった。言えなかった。

ターミナル駅に着くまで、ロバ女はネチネチと小森を攻撃し続けた。

いつもより電車が速度を落としているように感じられた。いや速度を落としたのは時計の針かもしれない。

今まで味わったことのない苦痛の中で、やっと窓からホームが見えてきた。

そこに電車から吐き出されて、小森は解放された。言い返せなかった自分が情けなかった。

(なぜ俺が反論しなかったか? それは不毛な水かけ論に終始するのがわかっていたからだ)

理性がそう言っていたが、自分でも逃げ口上に思えた。

その日、小森は社内の誰かにこのことを見られたのではないかと心配して過ごした。

幸い、小森を知る者にはこの事件を目撃されなかったようだ。


その夜、浅い眠りの中で小森は悪夢に襲われた。単純な恐怖ではなかった。夢の中の小森は過去に殺人を犯していた。それが今になって発覚しそうになる夢だ。

見たことのない景色の中で、警官が死体の埋まっている場所を掘ろうとしていた。死体が発見される前にこの場から去るべきか、そんな怪しい行動はとるべきではないのか、その判断に苦しんで動悸が高まった。

目覚まし時計が鳴る前に、大量の汗をかいた状態で小森は目覚めた。

（夢か）

夢でよかった、そう思おうとしたのは一瞬で、こんなことに睡眠を妨げられたことに無性に腹が立った。

隣のベッドでは妙子が安らかな寝息を立てている。同じ大学の二年後輩であり、激しい恋の末に一緒になった妻である。

「ンー」

妙子が呻くようにして寝返りをうち、毛布をはねのけた下半身の腰の曲線が強調された。夜明け間近の薄い明るさの中で、その尻の丸みを目にした小森は、不思議な感慨を持った。

若い頃の妙子は男の目を惹《ひ》くのに十分過ぎる魅力を持っていた。何人もの男が妙子を追った。

そのライバルを蹴落として、小森は妙子を自分のものにした。だが妙子の口から、小森の知る男とかつて関係を持っていたことを聞かされ、若い小森の胸は暗い炎に包まれた。小森はそれから毎晩妙子の肉体を離さなかった。責めるように交わった。変態的ともいえる愛し方までしたものだ。

だが今は目の前に横たわる女体に、小森は冷静な視線を送っている。それは子供たちの母親の寝姿でしかない。欲望の対象になるようには思えなかった。いや、いまだに女性としての魅力を備えているとは思うのだが、あまりに身近な存在である。

そういえば、何ヶ月もこの熟れた体を抱いていない。

一度起きあがって、汗に濡れたパジャマの上だけを洗濯籠に放り込み、適当なTシャツを着ると、再び小森はベッドに横たわり、妙子の寝姿を見つめて目覚ましが鳴るのを待った。

寝不足なのはわかっているのに、昼間の仕事中に眠気を覚えることはなかった。例によって神経を逆撫でするような北沢の言葉遣いに、キレそうになりながら一日を過ごす。

小森は自分が何かに憤っているのはわかっていたが、それが何だったか思い当たらずにいた。自分の心の中に黒い影のようなものが巣食っているような気がするのだが、その正体を思い出せずにいるのだ。というより思い出すのを自分から避けているのに薄々気づいていた。

翌々日、小森は黒い影の正体に会った。朝の電車の中で、

「もういい加減にしてほしいのよね」

聞き覚えのある声に遭遇したのだ。

小森は、無理な体勢で首を捻るようにして声の方を見た。

(ロバ女)

あの女が、今度は若くて真面目そうな男を標的にしていた。

「そんなに女の体に触りたいのかしら」

車内の視線は、ロバ女と哀れな犠牲者に注がれていた。

小森を安堵《あんど》させたのは、大半の視線が、

（誰がこんな女を好き好んで触るものか）

と、若い男に同情的であることだった。

（常習犯だなこの女）

怒りが込みあげてきた。

数日前のこの女との一件が、心の中の影の正体であったのだが、小森がこれを黙殺しようとしたのはそれが偶然の出来事であって、自分に弁解の機会も報復の手段もないと考えていたからだ。

だが、違った。

（会社でも、この女は後輩をいじめてるだろう。あの底意地の悪そうな目は、捻《ね》じ曲がった根性の表れだ）

そう思って見ると、ロバ女の醜さすべてが精神の貧しさの証に見えた。

（こんな女、死んでしまった方が世の中のためだ。生きていて、何の益がある？）

小森は、ロバ女の醜さを憎んだ。

ふだん感情を動かさない通勤時間に熱く憤ったためか、会社に到着したときにはいつもより疲れているような気がした。

勤務時間になる。自動的に小森は中間管理職の顔になる。

仕事でも悩みは解決されていなかった。北沢は、すでに剝き出しになっている小森の神経を砂でも擦《こす》り付けるように刺激した。

次第に小森も無表情になっていた。北沢を責める気持ちどころか、自分の不眠や、味覚を失っていることと、北沢の与えるストレスとの因果関係すら考えなくなっていた。

その日の夕方、小森は地下鉄のホームに立っていた。

ラッシュ時に、人身事故が重なって電車が遅れ、ホームは人で溢《あふ》れていた。いつものように、「浮かして」ある精神状態でボーと人々を眺めていた小森だが、

(!)

心のギアが入った。

(ロバ女)

電車の中で男をいたぶるのが趣味のようなこの女が、今は一人のようだ。連れの娘がいない。

違った。連れはいた。

それも、意外なことに男だった。

(こんなロバみたいな女とつきあう男がいるのか)

小森は呆《あき》れた。

神経質そうなメガネの男だった。

ロバ女はことさら少女のように可愛らしく振舞おうとしていた。

(媚《こ》びてやがる)

よくいる、女同士のときと、男がいるときでは態度がころっと変わる女なのだろう。

小森には、この女の容姿の醜さと心の醜さが、ますます許せなくなってきた。

地上では雨が降ってきたらしく、服を濡らした人々も慌ただしく降りてきて、ホームはさらに混み合ってきた。

電車が入ってくる案内と、遅れたことへの謝罪のアナウンスが流れた。

人波の中を、小森はロバ女の背後に近づいていった。

ロバ女は妙なはしゃぎ方をしている。

醜い。

電車が入ってくる音がした。

小森はタイミングをはかった。電車がホームの端に見えたとき、人と人の隙間からロバ女の膝の裏を蹴った。そして前のめりにバランスを崩している女の腰を靴底で思い切り押した。

叫び声を残して、友だちから「オジカちゃん」と呼ばれていたロバ女は転落して行った。その悲鳴が、テレビで聞く、ジャングルの名も知らぬ怪鳥の叫びに似ていると小森は思った。

どうやらズタズタのバラバラになったらしい。

帰宅を急ぐ人々で溢れたホームは大騒ぎになった。止まっているがドアの開かない電車の窓いっぱいに、困惑した乗客の顔が満ちていた。

駅員が何か叫びながら人々をかき分けてロバ女の転落場所に辿《たど》り着き、電車の下を覗《のぞ》く。

ホーム上の人口密度が車内のそれに迫りそうな状況を見て、このままの帰宅に見切りをつけた人々が地上に向けて動き出した。その流れに乗って小森も移動した。

所定の停車位置からずれたままの先頭車両の横を通るとき、血の気を失った不運な運転士の顔が見えた。受話器を握り締め、何事か指示を受けているようだ。小森は彼には悪いことをしたと思った。

「君は悪くないから、気に病むなよ」

と、できれば言ってやりたかった。そして、今電車の下で死体になっている女がどんなに嫌な奴だったか教えてやりたかった。

そのまま流れに乗って小森は改札を抜けた。誰もスーツを着た殺人犯に気づかなかった。

雨の降っている地上に出ると、いつもとは違う路線で家路につく。

駅から自宅に戻るまでの道で天候は回復した。雨に洗われた空気がうまい。自然と小森の足取りは軽くなった。気分が晴れているのは天候のせいではない。もしも土砂降りが続いていたとしても、小森の中では「雨に唄えば」か「雨にぬれても」がBGMとして流れていたろう。

帰宅して風呂に入り、体の汚れを落としたあと、湯船の中で体を伸ばすと、

「あー」

と心地よい声が漏れた。

何かがいつもと違った。

夕食を摂《と》りながら美香に話しかけると、ひどく驚いた振り返り方をされた。小森はそのとき初めて、このところ子供たちと会話らしい会話をしていなかったことに思い当たった。

美香と話していると、敏宏までもが部屋から出てきて会話に加わった。敏宏は父親に話したいことが溜っていたようで、小森の食事が終わるまで話し込んだ。その明るい表

情を正面から見て、

（悪い父親だったな）

と、小森は家庭で会話を持たなかったことを反省し、子供たちが素直に育ってくれていることに感謝した。

食後は久しぶりに家族全員で同じ番組を観た。日頃くだらないと馬鹿にしているバラエティだが、声を揃《そろ》えて笑った。

その夜、何ヶ月ぶりかで小森は妙子に挑んだ。

どうしたんだろう、と自分で不思議に思うほど小森は高ぶっていた。妙子は激しく乱れて、小森が子供に気遣ってその口を手で塞ぐほど大きな声をあげた。顔の下半分を小森の手で覆われた妙子は、大きく見開いた目で絶頂を訴えた。肉食獣の餌食になる直前の、生を諦めた草食獣の目に似ている。そう思いながら、さらに小森は責めた。妙子の何度目かの絶頂のとき、征服した女体のすべてを見下ろすようにして小森は放った。

しばらく寝室には二人の息遣いだけが響いた。

「何かあったの？」

後始末を終え、妙子は小森の胸に顔をつけて聞いた。夫の顔を見あげる目が頼もしげだ。

「何も……ちょっと体調がいいんだ」

そう答えたあと、妙子の寝息に誘われるようにして久々に小森は深い眠りに落ちた。

翌日すっきりと小森は目覚めた。コーヒーもおいしく感じて、気分がいい。

電車の中で、昨日女を一人殺したことを思い出したが、罪の意識はなかった。

(あの醜い女はもういない。もう誰もあいつのことで嫌な目に遭わなくて済むんだ)

この車内の平穏は、実は自分がもたらしたのだ。他の乗客と一体になって電車のリズムを刻みながら、小森は思った。

とてもよいことをした気分だった。

会社でもいい気分は続いた。いつもなら小森の感情に引っかかってくる北沢の態度も、余裕で黙殺することができる。

昼休みには健康的な空腹を覚え、ふだんのテリトリーを出て店を探した。

食事が充実すると午後の仕事でも馬力が違ってきた。小森が何か言うたびに、部下たちはいつもと違う表情で振り返る。自分の気のせいかと小森は思ったが、

「課長、今日は声に張りがありますね」

と一人に言われ、ふだんより大きめの声でしゃべっていることに気づいた。

充実した一日が終わり、会社を出た。地下鉄のホームで前日の「現場」に立つ。小森

は自分の気持ちの中に何の曇りもないことを確認した。あのロバ女の死で解放された人間や溜飲を下げたであろう人間が大勢いることに疑いはない。

逆にあの女が消えたことで、歴史に損失があるだろうか。あるはずはない。あの女にはそんなきらめくような才能などない。それは外見でわかる。

家路につく人々がみんな幸福そうに見えた。まるで全員がロバ女の存在を苦々しく思っていたかのようだ。

「ただいま」

帰宅した小森の声は会社での張りが残っていた。

「おかえりなさい」

妙子が玄関まで顔を出して迎えてくれた。実は小森が大きな声で帰宅の挨拶をしたことはなく、妙子がこうして出迎えることもなかったのだが、毎日繰り返して見ている風景のように小森は感じた。妙子の態度もごく自然だ。

やがてクラブ活動を終えた敏宏が帰り、塾から美香が帰ると、小森家では平日には珍しいことだが、一家揃って食卓を囲んだ。

健康な空腹感が味覚を鮮明にさせる。

小森は自分と競うように食を進める敏宏を頼もしく思った。妙子も、

「こんなに食べてもらうと気持ちいいわね」

と夫と息子の食欲に満足している。

美香は兄と張り合うようにしてクラスの出来事を語った。小森は美香の住む小さな世界をいとおしく感じた。学校の中には世間の流れにかかわらず、小森の頃と変わらない子供の世界があるのだ。

敏宏は、そんな妹のおしゃべりを遮る真似はしなかった。

(変わったな)

そんな敏宏の成長した態度に小森は感心した。そう思って息子をよく見ると、Tシャツを着た肩のあたりがスポーツマンらしくなってきている。

「パパ、明日の緊急保護者会なんだけど、一緒に行ってくれる?」

妙子がタイミングを待っていたように言った。

「え? どっちの?」

「中学校よ。ほら一中で自殺した子がいたでしょう? その件で。隣の学校のことだから二中でもショックを受けてる子がいるんだって」

緊急保護者会のことを聞いた覚えはなかった。保護者会には一人で行くつもりだった妙子も、昨日からの夫の様子を見て気が変わったのだろう。

「行こう」

小森は父親の顔で答えた。

夫婦の寝室で小森は父親から男になった。妙子は女というより牝の痴態を晒《さら》した。

「どうしたの？　……あなた……すごいわ」

妙子が母親となってからは、二歳年下のこの妻が自分の年齢を追い越して行ったかのように落ち着いて見えたものだ。だが今小森は完全に妙子を支配していた。何度も絶頂を迎えたあと二晩続けて妙子は幸せな眠りについた。

翌日の午後、夫婦で保護者会に出席した。会場の体育館には、土曜日ということもあって小森以外にも父親の姿が目立っている。

隣の中学校で起きた生徒の自殺事件の詳細を教師が説明した。どうやら背景にいじめの問題があること、自殺した二年生は入学した頃から金銭を巻きあげられていたらしいことが報告された。

だいたいは小森も新聞で目にしていた情報だったが、背後に卒業生の不良グループがいるらしいというのは初めて耳にした。

どうやら、十七、八歳のグループが中学生を、

「どうせ十四歳までだったら何やっても平気なんだ」

と誘い手先にしているらしい。もしかしたら、この学校にも被害に遭った生徒がいる

かもしれず、調査中ということだった。

小森は、不良の小賢《こざか》しい発想に憤った。法律を逆手に取っているつもりの少年たちを憎んだ。

質疑と討論の時間になった。

「対策は？」

と問いかける母親も、それに答える教師も何かに束縛されてるようで、小森にはもどかしかった。

「教育の場」

という言葉が、教師や保護者をがんじがらめにしているように見えた。

小森が発言しようと決意したとき、一人の父親が発言を求めた。その父親がマイクの前に進む間に、体育館内の空気が入れ替わったように感じた。それほど動きにメリハリがあって、爽やかな印象があったのだ。

(知ってる顔だ)

「二年A組下田《しもだ》の父親です」

マイクに向かって、その父親が名前をつげた瞬間、小森の脳裏にジャージ姿の若者が蘇った。

確か小森の二年上になると思う。大学ラグビーのスターだった下田は、その後アパレル会社に入り、実業団でも活躍し、何度か日本代表として戦っているはずだ。

小森はラグビーに深い縁はなかったが、学生時代日本選手権の決勝で下田のプレイを見ている。ラグビー好きの友人に国立競技場に誘われたのだ。まだ大学生の下田だったが日本ナンバーワンのフルバックと言われていた。

他の父親たちは気づいていないらしい。母親たちにいたっては、説明しても驚いてくれないだろう。

下田は声もよく通った。

「いじめの問題は昨日今日に始まったことではありませんが、ここで問題なのはこういう犠牲者が出た場合の親の態度だと思います。どうしても親としてはわが子が被害者になることを恐れます。しかし、本当に怖いのは加害者になることで、そうなったときの覚悟をわれわれ保護者は迫られている。確かに十四歳までは何やっても云々《うんぬん》というのは、いかにも不良の考えつきそうな幼稚な発想ですが、現実に刑事責任は問われず、死者がいても誰も罰せられないという理不尽がまかり通っています」

下田の発言は、このところテレビでも盛んに問題にされていることだった。だから法律を変えようというのだろうか？　小森はここでそんなことを言われても問題は解決されないと思った。

「私は私の息子が人を殺《あや》めるような事件を起こせば、私の手で息子を殺します。そして息子を殺した罪で服役します。そうしないと、被害者は浮かばれないでしょう。誰かが罰せられないと。このことは息子にも宣言しました。親としての覚悟を言ったつもりです」

小森は拍手したい気分だった。まさに自分が言いたいのはそれだ。

小学生の頃に読んだ『マテオ・ファルコーネ』には衝撃を受けた。最愛の息子の密告の罪を知って殺す父親の話だ。だが今はその覚悟がなければ親ではないと思っている。

下田もあれを読んだのだろうか？

総会のあとクラスごとに分かれて茶話会《さわかい》のようにして話し合いは続いた。

下田はクラスも一緒だった。二十人ほどの保護者の間で、当然のように総会での下田の発言が話題になった。下田の毅然とした態度は賞賛されたが、所詮《しょせん》は仮定の話という生ぬるい雰囲気が小森には気に入らなかった。

「私も下田さんのご意見には賛成です。罪を犯した息子を司法が裁けないなら、自分で裁きます」

小森が硬い口調で発言すると、この場では一番年長と思われる母親が、笑みを浮かべたまま軽くたしなめるように、

「可愛いお子さんを簡単に殺すなんて、お子さんの前でおっしゃらないでくださいね。傷つきますから」

と口を挟んだ。

「いえ、下田さんのようにうちでもそう宣言するつもりです」

硬い口調のまま小森が続けると、今度は少し呆れたような顔をされた。

「そんな……第一、人を殺すなんてそんな簡単なことじゃありませんよ」

子育ては私が先輩だと言っているようだったが、

「いえ、簡単ですよ」

と切り返すと、小森を初めて見る動物でもあるかのように見て黙ってしまった。

担任の北川《きたがわ》先生はまだ二十代の若さで、妙子の話では母親たちから指導力を疑問視されているようだ。確かにまだ女子大生と言われても通用する外見は頼りない。子供を殺す殺さないの議論に戸惑っている様子だ。

しばらくシラけた沈黙があったが、下田自身がその空気を動かしてくれた。

「いや、私もタテマエとして発言したわけじゃありません。小森さんのおっしゃるように司法に限界があるなら、というか法律に親の責任で育てろ、と言われてると解釈して、息子が罪を犯した場合のことを考えたわけでして。何か結論が『マテオ・ファルコーネ』みたいですがね」

小森は下田の発言の意味がわかる自分を誇らしく思った。『マテオ・ファルコーネ』がなんのことかわからぬ母親たちは当惑した愛想笑いを浮かべている。

（馬鹿）

小森は心の中で毒づいた。

下田の話を全員で聞く形になった。

「学校に期待し過ぎるのもどうかと思いますが、例えば、信号のことを教えるのに、『青で進んで、赤で止まれ』だけでは人間の教育として不十分なわけですよ。信号機が壊れていたらどうしましょう。信号なんて人間の作ったものなんですよ。信号機が壊れていたら、赤信号でも自分の判断で進むべきなわけで、壊れた信号機の前でずっと待っていてはだめなんです。こっちは人間なんですからね。『青でも止まらなければならない場合もあるし、赤でも進んでいいときもある』ここまで教えるのが教育だと思うんですが、『青で進んで、赤で止まれ』で終わっているのが現状でしょう。長男が小学五年生のときにいじめというか同級生から嫌がらせを受けたことがありまして、学校で当事者の子に会ったんです。先生に事情を話して。そしたら、呼ばれてきた五年生が私を見て第一声になんと言ったと思います？　『誰だ？　てめえ』ですよ。私ビンタ張りました。先生が慌てて、『やめてください』って言いましたけど、小学五年生が初対面のおとなに向かって、『誰だ？　てめえ』と言うのはこれはもうケンカ売ってるんでしょう。それなりの覚悟しておけって言うんです。本人ビービー泣いてましたけどね。『暴力はいけない』と言う言葉に教師が縛られてどうするんですか？　それこそ言葉の暴力ですよ」

下田の言うことはすべて小森の主張したいことだった。ずっと頭にあったのに言葉にしてなかったのだ。下田が代弁してくれているようで嬉しくなる。

若い頃からリーダーだった人は違うな、と小森は思い下田の人生をかっこいいと思った。なんでも本物はかっこいいものだ。下田はスポーツマンとしての名残のある体型をしている上に、アパレル業界に身を置く人間らしく服装のセンスもよかった。

その後の話の中で、新聞でも今日の総会でも明かされなかった一中でのいじめの加害者の名前も聞いた。「高島《たかしま》」という少年がリーダー格でその兄が後ろで糸を引いているらしい。

「その兄の方は高校生ですか？」

十七歳という年齢を聞いて小森が尋ねると、なぜか事情に詳しい母親が、

「いえ、高校は中退して無職です」

と答えた。

「親は何をしてる人ですか？」

今度は下田が聞く。先ほどの母親はちょっとためらったが、

「まあ、表向きの仕事はあるんでしょうが、ヤクザですね。何かあると、『火をつけるよ』というような人です」

と答えた。

「『火をつける』って。放火をほのめかして脅迫するわけですか？」

下田の声が大きくなった。一つ頷いてその母親は話を続けた。

「ですから、今回の問題は一中でも別の意味で苦慮してるんです」

罪を犯した子供を殺すような親ではない。逆だ。もしかしたら親が教唆《きょうさ》するか、親のやり方を子供が真似ているんではなかろうか。小森は暗澹《あんたん》とした思いに沈んだ。

「それで先生方も二中にも被害者がいることを心配なさってるんですよ。相手は組織的に動いていますからね。クラス内で起こったいじめとは違います」

問題は思ったより複雑だった。組織的にカツアゲしている中学生のグループがあり、後ろで糸引く不良グループがある。仮に勇気ある中学生が戦ったとしても十七、八歳のグループにはかなわないだろう。事件が発覚しても名前すら公表されない連中だ。そして自殺者まで出たのにその連中は追及されずにいる。

出席者全員が疲れを覚えているのを見計らったように、北川先生が、

「本日は皆様お疲れさまでした……」

と閉会の挨拶を始めた。

結局、何も解決されなかったな。夫婦で学校を出るときに小森はそんな思いにかられた。被害者の親はたまらないだろう。息子の死をへたに追及すれば家に放火されかねな

いのだ。

「下田さんは相変わらずかっこいいな」

暗い話題は避けて妙子に話しかけると、

「え？　知り合い？」

と驚いている。

「あの人有名だったんだぞ。ラグビーの選手として。俺は、ほら、山本高志《やまもとたかし》っていたろ。俺の同級生。あいつに誘われて試合を見たことがあるんだ」

「そうなんだ。それで息子もいい体してるのね」

「そうなのか？」

「そうよ。敏宏と同じバスケット部だけど、一年生のときから試合に出てるみたいよ」

「ふーん、血筋だなあ」

「奥さんもきれいな方よ。今日はいらしてなかったけど」

二人で表を歩きながら話すなんて。人の噂《うわさ》をしながら歩くだけのことが、平凡だが幸福な夫婦生活の象徴に思える。

夕方、スーパーでの買物につきあって家に帰った。夕景の街にある我が家を眺めるのも久しぶりだ。

この家の購入を決めたときは随分悩んだが、正解だったと思う。帰る場所としてこの家は申し分ない。美香などは生まれてからの記憶のほとんどはこの家にあるのではなかろうか。

小森の父親は地方の企業に勤めるサラリーマンだったが、毎日表が明るいうちに帰宅する男だった。家庭を一番に思っていたのだろう。少年の小森は自分もおとなになったら、陽のあるうちに家へ帰る生活がしたいと思っていた。夜、部屋で勉強しているとき表に車が通ると、

（こんな時間に表にいなきゃいけない仕事は嫌だな）

そう思っていた。

今の現実はどうだ。

（時代が違うってことなんだろうな）

少年の頃に比べると、世の中全体が宵っ張りになっているように思う。だから特別自分が仕事人間とも思わない。

夕食のとき、敏宏にクラスもクラブも同じ下田の息子について聞いた。

「いい奴だよ」

二人は仲がいいようだ。敏宏によると、下田君は勉強もできて、バスケットも一年からレギュラーなのに、それを決して鼻にかけないという。

「あの子のお父さんもスポーツマンだからな」

「そうなの？」

「だから、中学校のレギュラーぐらいじゃまだまだと思ってるんだろう」

「そうかあ」

「敏宏はどうなんだ？」

「え？」

「バスケットの方」

「うん。時々試合で使ってもらってる」

今度試合の応援に行こうと小森は思った。下田とも親しく口をきく機会が持てるだろう。あの人とは正義感を共有できる。小森の正しさをわかってくれるはずだ。

ロバ女を殺したことも。


穏やかな日曜が過ぎ、慌ただしい日常に戻った。

会社では、多少平気になっていた北沢の態度が、再び気になりだした。しかし、睡眠も十分で余裕のある小森は、北沢に対する周囲の態度も観察できた。

その結果わかったのは、会社中の人間が北沢を持て余しているということだった。

及川静枝《おいかわしずえ》という女子社員が、小森の下で働いている。まだ二十歳なのだが、仕事の要領もいいし、誰にでも愛想よく応対するので周囲の評判も上々だ。この静枝でさえ、北沢の言葉に一瞬表情を硬くするのを小森は見逃さなかった。

昼食に出る静枝を捕まえて、ダイレクトに聞いてみる。

「さっき、北沢どうかしたの？」

静枝は少し首を傾《かし》げて、

「ああ、あれですか。いや、北沢さんはいつものことですから」

自分だけじゃないから、と静枝は北沢について諦めている様子だ。

「何かあったら、僕に言ってごらん」

小森は本音を聞き出すつもりだったが、

「いやあ、課長に言っても始まらないです。人事に文句言ってやろうか、ってみんなで言ってるんですけどね」

声を出して笑って静枝は出て行った。

（みんなのストレスの元を取り除こう）

小森は決心した。


その夜も小森は妙子を抱いた。

小森は自分のベッドに戻らず、妙子を胸に抱いたまま昼間の決心を検討していた。

(拳銃が手に入ればな)

小森は裏の社会に通じていなかったが、大学時代の友人で坂本《さかもと》という男が業界紙の発行元にいて、総会屋との繋《つな》がりがあった。

翌日の昼間、会社から坂本に連絡を取り、退社後有楽町の居酒屋で会った。坂本は目的を聞かずに用件だけ聞き入れてくれた。大学時代からそういう男だった。人間関係にどこか冷めたところがあって、誰に対しても一定の距離を保つのだ。だが、決して人を裏切る男ではない。

坂本は小森から金を預かると、数日して、

「例のもの、手に入った」

と連絡をくれた。

最初に会ったのと同じ居酒屋で二人は向かい合った。

「サイレンサー付き十二連発。今十二発入ってるけど、もっと弾丸はいるかい?」

拳銃の重さを確かめながら小森は答えた。

「いや十分だ。戦争を始めるわけじゃないから」

おかしくない冗談に、坂本は真顔で頷いた。

殺しの道具を手に入れて小森は喜んでいた。いつも通勤の際に持つ鞄に拳銃を入れた。

(あとはチャンスを待つだけだ)

早く北沢を殺して、会社の皆を解放してやりたかった。

簡単に人を殺せる手段を持っていることが、小森の気分を晴れやかにしていた。よく食べ、ぐっすり眠れる日が続いた。妙子の幸福も続いた。

「課長、相談があるんですけど」

北沢が自分から話しかけてきたので、小森は驚いた。

「なんだ？」

「給料の前借りってできますか？」

北沢は都内の実家から通っている。金に困っているようには見えない「お坊ちゃま」である。

(チャンスか？)

と小森は思い、

「そりゃあ頼めなくもないがな。入社したばかりであまり感心したことじゃないぞ。額にもよるが、俺が個人的に何とかできるかもしれん。帰り、ちょっとつきあえ」

と答えた。北沢は無表情に頷いた。

日が暮れかかる頃、鞄の重さを意識しながら、小森は北沢を連れ歩いた。

居酒屋に入って話を聞く。金額は小森の手に負えないほどではなかった。しかし、

「何に使ったんだ？」

と尋ねると、北沢は何も答えなかった。

いつの間にか小森の独白のようになった。仕事中でも北沢と一緒のときはこうなってしまう。

小森は機嫌よくしゃべり続けた。「ロバ女」を殺したことを思い出していた。

「俺がまだ大学生の頃だけどな。ほら自動改札なんてない頃さ。毎朝改札を抜ける乗客に、『おはようございます』って挨拶してる駅員がいてさ。通る人全員にだぜ。大変だったろうと思うんだけど、それがおざなりじゃなくて、なんていうか〝心がこもってる〟わけだよ。すると、そこの改札を通る人は、みんな少しずつだけど幸せな気分になるわけだ。ほんのわずかな幸せだけども、ものすごい数になるだろう？　そうすると、それを全部積みあげると、人の命を救ったぐらいの幸福になるんじゃないかと思えるんだ。医者でもないのにその駅員は人命を救ったほどの善行を施している。

いや別に俺は〝挨拶運動〟を始めようってわけじゃない。あんなのはまた胡散《うさん》臭くてな。宗教がかったのは嫌いだよ。『善い事してます』みたいな奴ら。

俺が言いたいのはさ。逆もあるってことさ。世間には、人を殺したわけじゃないけど

いつも人を傷つけている奴っているじゃないか？　言葉でさ、毎日チクチク人を傷つけてる嫌な奴。そんな奴に傷つけられた人の痛みを積みあげていくと、二、三人殺してるぐらいになるんじゃないか。世の中で、一番人を傷つけることは殺人だよな。複数の人間を殺すと死刑になる。先にそいつを殺しておけば、他の何人かが不幸にならずに済んだのにな。

『おまえさえいなけりゃ、不幸な出来事はなかった』

そういう意味が死刑にはあると思うな。とても立派な人をクズみたいな奴が殺したりすると、死刑でも釣り合いがとれないことがある。例えば、ジョン・レノンを殺した男がこの先どんな善行を積んでも、レノンが生きていた場合を想像するととても追いつかんもんな。

さっき言ったまわりを少しずつ不幸にしている奴だけど、そんな奴殺してしまえばまわりのみんなが幸福になる。こういう殺人は悪とは言えんな。正義だろう」

小森は一方的にしゃべっているうちに異変に気づいた。北沢の目に力が見えてきたのである。そのうち小森の言葉に、北沢はうんうんと頷き始めた。こんなに生き生きとしたこの男の表情は初めて見る。

「おまえ、ほんとうにわかってるの……」

　思わず小森は聞いてしまった。

「僕もそう思います」

「そう思う？」

「だから、殺した方がいい奴が世の中にはいるって」

　おまえのことだよ、小森はそう思っておかしかった。

「誰かいるかい？　殺した方がいい奴」

　多少皮肉を込めた、からかうような調子で問いかけると北沢が勢い込んで頷いた。小森は驚いて居酒屋の椅子に座りなおした。

「この前友だちと新宿に行ったんです」

　驚くことばかりである。こんな男に友だちがいるなんて。

「その友だちが、二人連れの女の子をナンパして……」

　聞きながら、小森は北沢の素顔を初めて見たと思った。殺意が根拠を失った。

　北沢の話では、その女の子たちの先導で歌舞伎町のビルの中にある店に入ったのだという。

「カラオケ歌い放題で一人三千円」

　という話だった。

ところが、帰る際に請求されたのは、

「十三万五千円」

だった。

一応友だちは抗議したが、怖そうな店長が出てきた。仕方なく北沢が全額払った。

結局それが今回急に金が必要になった理由だったのだ。

「どうやらその女の子たちも店とグルになってるらしいんですよ」

「ナンパされるふりして客を引いてるわけか？」

北沢は怒りに燃える目をして頷き、

「ええ、とんでもない奴らですよ」

小森は、自分と似た正義感を北沢が持っていることを発見して嬉しくなった。

「行こう」

「どこへですか？」

「新宿」

2

小森と北沢は新宿に向かい、北沢の友だちが声をかけた二人連れの女を探した。

北沢は、相手が自分を覚えているかもしれない、と言ったが、小森は、その心配はない、と答えた。ふだんから北沢は印象が薄い。自分の意思を見せないからだ。そのときの北沢の連れは覚えられているかもしれないが、北沢自身はその影に隠れた存在だろう。

小森も実は期待していなかったのだが、北沢は雑踏の中でその二人連れを見つけた。長い髪を茶色に染め、すべて「はやり」に流されている娘たちだった。一人は狐顔で、もう一人は狸顔だ。

北沢は友だちのやり方を真似て声をかけた。

タヌキがキツネを見る。どうやらキツネがリーダー格らしい。

北沢は、友だちのやり方を忠実に真似ている。そのときと同じように話はトントン拍子に進んだ。

「知ってる店あるからそこ行こうよ。歌い放題で三千円」

キツネが言った。タヌキを見ると頷いて見せた。底の浅い目だ。

美しいものや、本物の感動を見たことのない目だ、と小森は思った。

二人の女は、小森たちを歌舞伎町の雑居ビルに案内した。途中で年齢を尋ねると、

「二人ともハタチ」

とタヌキが舌ったらずに答えた。

及川静枝と同じ年齢であることが不思議に思えた。静枝は、微力かもしれないがこの

社会に貢献している。だがこの娘たちはふらふらと無目的に盛り場で澱《よど》んでいる。

雑居ビルに着くと目当ての店は休みだった。

「このビルに他の店もあるから、そこ行こう。値段は変わらないから」

キツネが言った。これも手口の一部らしい。自分たちが店とグルでないということを、ここであらかじめ示しておくのだろう。

暗い店に入った。

カウンターにテーブルが三つ。他の客はいなかった。

「いらっしゃい」

ママらしい若い女が言った。まだ二十代前半に見えたが、世の中の醜いものすべてを知っていそうだ、と小森は思った。

眉を細く剃った青白い顔のウエイターがグラスを運んできた。よく似た顔のウエイターがもう一人立っていたが、北沢の話に出た「店長」の姿は見えなかった。

ママもウエイターも、この時点では態度は普通に見えた。

タヌキが歌い始めた。続いてキツネも歌った。どれも似たような曲を二人で交互に歌っていた。

料理と呼べるものは何も出ず、乾きものだけがテーブルに並んだ。ボトルも特別高い銘柄ではない。

タヌキが、

「フルーツ頼んでいい？」

と言い、小森が、

「いいよ」

と答えると、皿に盛られたフルーツが出た。

「場所を変えようか？」

頃合いを見てキツネに言うと、すぐ頷いた。

〈十六万六千円〉

の伝票をウエイターが持ってきた。

（相手見て値段決めてやがる）

実は北沢と示し合わせて、この前と同じものを注文していたのだ。

「えっ、高いよ」

わざと大げさに小森が言うと、ウエイターの態度が急変した。街のチンピラになっている。

「そんなこと言ったって、うちはそれだけの店なんですから」

「だって、一人三千円じゃなかったの？」

「お客さん、ここ新宿だよ。田舎の一軒家じゃないんだからさあ。ママ！」

ママと呼ばれた若い女も蓮っ葉な素顔を見せた。

「何？　お客さんお金ないの？　じゃあさあ、二十四時間の無人契約機あるよ。サラ金のさ。どうする？」

「でも、十六万六千円てのはなあ」

「じゃ、いいわよ十六万で。十六万なら払えるの？　え？」

「明細はどうなってるの？」

「払いもしないのに明細？　ふざけんじゃないよ」

ママは怒鳴って、ウエイターに店長を呼ばせた。

鋭い目つきの店長が出てきた。体格もよい。

「お客さま、お金、お持ちじゃないんですか？」

言葉遣いが妙に丁寧で、逆に相手を緊張させる。それも計算済みなのだろう。

「そういうわけじゃないけど、一時間もいないのに十六万って言われると」

「ここら辺はどこもこれぐらいですよ」

慣れた口調で店長は言った。

「払えない田舎モンが来るところじゃないんだよ！」

ママがヒステリックに喚《わめ》く。

「でもなあ」

「じゃあさあ、お客さんが飲み食いしたもの全部戻せる？　そんだけのもの飲んで食べたんでしょ？　え？」

北沢が無表情にやりとりを見ている。彼にすれば、この前友だちとここに来たときのビデオを見せられているようなものだろう。

二人のウエイターは、小森のいる向かい側のテーブル席で、凄みをきかせているつもりか、足を投げ出すようにして座っている。

店長はしゃべり続けた。聞いている小森にはヤクザの理屈がおかしかった。笑い出したくなる。どうしてそんな正義をほしがるのだろう。奇妙な正論を吐かずにいられないこの男の人生の後ろめたさが哀れだった。今、楽にしてやる。

店長と小森はにらみ合っていた。店長は座っている小森を見下ろすようにして立っている。

「わかったよ」

言いながら小森は鞄に手を入れた。

店に入ってすぐにトイレに行き、拳銃の安全装置をはずし、遊底を引いて撃鉄を起こしてあった。

試し撃ちはしていない。拳銃を渡してくれたとき、坂本は、

「拳銃なんて、素人じゃ簡単には当たらないもんだぞ。慌てて撃ったんじゃ、五メート

ルも離れてると人間ほどの大きさの的もはずすもんだ」

と注意してくれた。

小森は拳銃を出すと目の前の店長の鼻先で引き金を引いた。一番強い奴を、最初に確実に仕留めようと思ったのだ。

弾丸は店長の顔の中央に当たった。

銃の威力は小森の思っていた以上で、店長の顔は潰れ後頭部は吹き飛んでなくなっていた。

店長の後ろにいたママとウエイター二人は、頭から血を浴びたが、すぐには何が起こったか理解できないようだった。

小森は立ちあがり、ソファにだらしなく浅く座っているウエイター二人の腹めがけて一発ずつ撃った。ウエイターたちは、足を投げ出した姿勢のまま腹をおさえて苦しみだした。

ママが初めて声にならない悲鳴をあげた。

店長の死体から床に血が広がり始め、腰を抜かして座り込んだママの足元にまできていた。

キツネとタヌキは抱き合ったままで固まっている。

北沢はいつもの無表情からは別人のように目が輝き始めていた。

小森はウエイター二人に言った。

「おまえたちは簡単には死なせない。だが、腹を撃たれたらもう助からない」

「助けて、助けて」

一人のウエイターは呟くように言い続けた。もう一人はあくびするように口をパクパクさせて懸命に呼吸していた。その池の鯉のような様子を見て、同じ腹を撃ったのに当たり所が違ったのかな、と小森は思った。

小森はカウンターまで行き、他に誰もいないのを確かめると、そこにあった細長い包丁を持って戻った。

ママは血溜まりの中にへたり込んでいた。どうやら失禁しているらしい。店長の死体を見てヒイヒイと息を漏らしている。

小森は右手に拳銃を持ち、包丁を持ったままの左手でママの肩を叩いた。

「ヒッ」

急にママが振り返ったので、その頬に包丁の先がスーッと刺さった。

悲鳴があがる。

小森は包丁を引き抜きながら、

「ひっかかりィ」

と言った。北沢が愉快そうに笑った。小森は北沢が声を出して笑ったのを初めて見た。

「おい。おまえママだろ。あの二人を楽にしてやれよ」

小森は包丁をママに渡して立たせると、ウエイターたちの方へ押しやった。

ウエイター二人は先ほどと同じ状態で腹から血を流している。

「こいつらの内臓はズタズタだ。どうせ助からないなら、早く楽にしてやれ」

小森は銃口でママを促した。

あくびのような呼吸を繰り返している方の横にママは立った。

「ケンちゃん」

ケンと呼ばれたウエイターは涙の溜った目でママを見あげている。

「どうやるの？」

ママは小森を見た。

「喉《のど》だ。喉をやれ。まず左手で髪を摑むんだ」

言われたとおりにケンの髪を摑むと、後ろに引いた。ソファの背もたれを首の後ろで枕にする形になり、喉が剝き出しになる。

「そして刺す。簡単だろ？　早く突け」

言われて突こうとするママだが、どうしてもためらってしまう。

「まだ立場がわかってないみたいだな。おまえたちは、これまでしてきたことの罰を受けているんだ。突け！」

小森に言われて包丁を突き出し、そこでまたためらったママのふくらはぎを小森は撃った。肉片が飛ぶのが見えた。

反射的に動いて、ママの包丁はケンの喉に突き刺さった。だが、ママはそのまま立てなくなっていた。

「そのまま包丁を横に引くんだ。早く」

片足だけで立って、ママは包丁を引いた。動脈が切れたのか、血を噴き上げてケンは静かになった。

残った一人は、伝票を持ってきたウエイターだった。まだ小さく、

「助けて」

を繰り返していた。

「今度は胸だ。胸を刺すんだ」

ケンの喉から抜いた包丁を今度は簡単にみぞおちあたりに刺すママだった。

(ケンの方が可愛かったのかな？)

と小森は思った。

胸に刺さった包丁は、そのウエイターをすぐには楽にしなかった。しばらく胸に包丁を立てたまま動いていた。だが、その包丁を抜く体力は残っていなかった。

「ママ、名前は何だ？」

片足を撃たれ、床に座り込んでいるママに小森は聞いた。

「トモコ」

涙を流しながら、トモコは答えた。小森は自分の母と同じ名前であることに腹を立てた。

「人を殺したのは初めてか？」

トモコは頷いた。

「だが、人殺しぐらい悪いことをしてきたんだよな？」

トモコは慌てて首を横に振った。

「してきたんだよ。おい！」

小森は、ずっと抱き合ったままこの光景を見ていたキツネとタヌキを呼んだ。

「こっちに来い。早く！」

反射的に二人は立ちあがった。二人とも失禁していた。

小森は、トモコの両側にキツネとタヌキを立たせると、まずトモコのしていたスカーフを取らせた。そのスカーフを再びトモコの首に一周巻かせて、

「引け」

両側から綱引きの要領で引っ張らせた。

「グエーッ」

トモコの口から舌が出てきて、色白だった顔が赤黒く膨らみ始めた。

「醜いもんだな」

小森はトモコの舌の色を見て、この女は胃が悪いんだろうと思った。

トモコの意識がなくなっても、しばらく二人にはスカーフを引かせた。若いこの店のママは完全に脱力した体を血と尿で汚れた床に横たえた。細身の女だったが、死体になると重そうに見えた。

その頃には胸に包丁を立てたウエイターも静かになっていた。小森はキツネに包丁を抜かせて、もう一度刺させたが、反応はなかった。

包丁を抜いて、今度はトモコを刺すように命じた。言われるままにキツネはトモコの体に包丁を刺したが、脱力した体に反応はなかった。

「さてと」

小森は再びソファに座った。靴を見ると、血がついている。

「おい、おしぼり持ってこい」

タヌキに命じておしぼりを持ってこさせて靴を拭かせた。靴底の血も拭かせる。

「おまえたちもグルだろ?」

小森が言うと、タヌキの方は頷きかけたが、キツネが慌ててかぶりを振った。

「こんな店だなんて知らなかったの私たち。ね?」

タヌキも必死に頷く。

「嘘《うそ》だ！」

北沢が叫んだ。

「この前も、ここに俺と友だちを連れてきたじゃないか」

言われてキツネが青ざめた。思い出したらしい。

「嘘吐《つ》いたなおまえ。北沢、嘘の罰は何がいい？」

「死刑」

北沢は即座に答えた。

そのまま黙ってしばらくキツネの顔を見ていると、表情が歪んできた。

「……許して」

タヌキは、そんなキツネと小森を交互に見ている。

（こいつは馬鹿だ）

タヌキは一瞬先のことも予測できないらしい。今まで、踏み出した足をどこに下ろすか、ぐらいしか考えてこなかったに違いない。

「じゃあ、正直に話せ。いくらもらってた？」

キツネは、

「二割」

と、観念したように答えた。

「つまり、俺たちから十六万取ると、三万二千円か？」

キツネが頷く。

「いいバイトだな。馬鹿らしくてまともに働けないだろう？」

馬鹿なタヌキは頷いたが、キツネは、

「誰にも言いませんから、許して」

と小声で言った。

「嘘だ！　こいつまた嘘言ってる」

北沢が大声で圧した。

キツネがビクッと反応する。

「そうだ。北沢はこの前いくら払ったんだっけ？」

「十三万五千円」

「じゃ、えーと、二万七千円、おまえたちが受け取ったわけだ」

キツネがビクビクしながら頷く。

「金がどこにあるか知ってるか？」

キツネは首を横に振ったが、

「私、知ってる」

とタヌキは得意そうに言った。

「持ってこい」

タヌキは奥に行くと手提げ金庫を持って戻ってきた。

「数えろ」

キツネが十三万五千円数えて北沢に渡す。

「さ、帰るか」

小森は立ちあがった。北沢も立ちあがる。

「これで金の心配はなくなったわけだ。北沢、残った心配はなんだ？」

「この二人」

北沢がキツネとタヌキを見ながら答えた。

「誰にも言わないから……」

キツネが必死の表情で命乞いした。

「何か臭いと思ったら、おまえたち二人とも漏らしているじゃないか。これじゃ帰れないだろう」

そう言って、小森はキツネのみぞおちに銃口を当てて撃った。鼻から血を噴いて膝から崩れるように倒れたキツネは、ピクリとも動かなかった。

小森はタヌキに銃口を向けた。

「……おかあさん」

タヌキは銃口を見て言った。

「そうか、おまえにもおふくろさんがいるわけだな」

小森の言葉に、タヌキはニッと嬉しそうに笑った。それを見て北沢が、

「こんな奴いなくなった方が、親だって嬉しいですよ」

と軽く言い、

「それもそうだ」

と小森は答えて引き金を引いた。

眉間を撃ち抜かれ、口元だけニッと笑ったままタヌキは倒れた。

(『不思議の国のアリス』に出てきたな。キャシャ猫だっけ？　キャシャア猫だっけ？)

娘に読んでやった絵本のことを思い出しながら、小森はしばらく自分が破壊したタヌキの顔を見た。

「さて行くか」

「はい」

小森と北沢は、血溜りを踏まないように気をつけながら店を出た。

3

その夜はふだんよりかなり遅い帰りになったが、妙子は愛想よく夫を迎えてくれた。遅い夕食を摂る小森に向ける目が、潤んで見える。

風呂からあがって夫婦の寝室に入った小森は、躊躇《ちゅうちょ》することなく妙子のベッドに滑り込んだ。毛布の下の妙子はすでに全裸だった。小森の体には力が漲《みなぎ》っていた。そのエネルギーを妙子は全身で受け止めた。

子育てに集中していた時期を過ぎ、妙子の女の部分に再び火が点《つ》いたようだった。ここ数年は静かな夫婦生活であったのが嘘のように、激しく動いた。若い頃よりも積極的だった。

「ねえ、後ろから」

猫科の動物のようなしなやかな身のこなしで妙子が姿勢を変えた。小森は、自分から求める妙子の姿に満足して存分に責めた。豊満な妙子の尻を抱いて小森は果てた。

「あなたと結婚してよかった」

灯を消したベッドの中で妙子の声がした。笑顔でそう言っているのがわかった。

「何を言ってんだ、今さら」

小森も笑って答えた。妙子は一度諦めた「女」を取り戻したのだ。しかも夫との関係の中で。禁じられた関係の中で復活する女の話はよく聞く。小森にも妙子の嚙《か》みしめている幸福がわかるような気がした。


ぐっすり眠れて、すっきり目覚めた。

会社では北沢が飛んできて朝の挨拶をした。その姿を見て周囲は驚いている。

「ゆうべはよく眠れたかい？」

小森が尋ねると、

「はい、久しぶりにぐっすり眠れました」

北沢は晴れやかに答えた。

「そうだな。心配事がなくなったもんな」

北沢もストレスに埋もれていたのかもしれない。

社内での小森の株は一気にあがった。みんなが持て余していた新入社員を、うまく使いこなしてみせたのだ。

北沢はその日から見違えるように働き始めた。特に小森の指示にはよく従い、元々頭の出来のよい男だったのだろう、効率よく働いた。

周囲は、北沢がよく笑うようになったと言った。以前に比べて人間味が感じられるようになり、女子社員にも人気が出始めたようだ。

静枝も、笑顔で北沢と話している。

小森については、ぐっと血色がよくなったことを噂した。健康的で、身のこなしも軽く、若返ったようだ、と。

実際、小森自身もずっと食事をおいしく感じている。よく眠れて食事がうまいのはいいことだ。

そして、妻との関係も申し分ない。家族も不機嫌に黙り込んでいる夫や父より、潑剌《はつらつ》としてくれている方がいいに決まっている。

誰も地下鉄ＯＬ転落殺人事件と歌舞伎町スナック皆殺し事件の犯人像を、こんな健全な人物に結びつけはしなかった。

そして、ただ一人事実を知る北沢は、今では小森の忠実な下僕だった。北沢は小森と出かけるときには、小森の鞄を持とうとさえした。それがまた、周囲の驚きを呼んだが、北沢にとっては小森の鞄の重さは力の象徴だったのだ。

小森の拳銃には弾丸が六発残っている。

そのことが、小森の気分を安らかにさせ、睡眠と食欲を保証していた。

平穏な日々がしばらく続いた。

地下鉄ＯＬ転落殺人事件の方は、事件の数日前に他の路線の電車内で、被害者と言い争いをしていた男のモンタージュ写真が公表されていた。例によって痴漢騒ぎを起こしたロバ女に、黙って泣き寝入りしない男もいたということだろう。

小森も新聞とテレビでそのモンタージュ写真を見た。小森とは別の系統の顔だった。小森は罪のないこの勇気ある男が、殺人犯にされてしまうことを恐れた。だが考えてみれば、元々見当はずれなのだから、この男が特定されても本人にはアリバイがあるだろう。小森はその男のために心配するのをやめた。

報道でロバ女のこともわかった。「オジカ」は「小鹿」と書くこと。二十五歳で四国出身。高校卒業後、女優を目指して上京したこと。

「俳優養成所で人一倍熱心に勉強していたのに、サボってばかりいる人がいい役をもらったりするのを悔しがっていました」

という友人のコメントが載っていた。

（身のほど知らず）

と小森は思い、自分より才能もあって美しい仲間に、言いがかりのような嫉妬をしているうちにあんな歪んだ性格になったんだろう、と想像した。

あのとき一緒にいた連れの男も疑われていた。

（自業自得）

と小森はこの男には同情しなかった。趣味が悪いというか、女を見る目がなさ過ぎる。

いずれにしろ小森は、「小鹿」の人生を終わらせたことを後悔しなかった。

新宿の事件については、北沢の方が熱心に情報を集めていた。

事件は暴力団同士の抗争と思われているようだ。銃が使われたことがそう思われている第一の理由だった。小森は自分の持っている拳銃の正式名称を、記事を読んで初めて知った。

店長はやはり暴力団関係者だった。ママは情婦らしい。ウエイター二人も暴力団の金バッジをほっする不良少年である。

店の評判は最低だった。あの店で被害に遭った人々のコメントで、週刊誌の二ページが埋まった。

世間は彼らには同情していなかった。

キツネとタヌキは、短大と専門学校に通う高校時代の同級生だった。二人は巻き添えを食ったと思われていた。悲しむ家族のコメントが載った。

（甘いな。自分の家の馬鹿娘をちゃんと教育しておけ）

小森は腹を立てた。

「そんなに金がほしけりゃ、売春でもすればよかったんですよ」

と、北沢も吐き捨てる口調で言った。

死んだ奴らは、金のためにたくさんの人を傷つけた。不当に金を奪われた人々の怒りを積みあげれば、彼らの死で償うしかないほどになったはずだ。

小森と北沢の正義感と良心は揺らぐことはなかった。

北沢にとって小森はヒーローだ。仕事の合間に、彼にとって許せない世の中の悪について小森に語りたがった。

「胡散臭い商売があるじゃないですか？　布団の訪問販売とか、英会話の教材販売とか。ああいう会社の社員になる奴が許せないんです。犯罪ぎりぎりの商売のやり方なんて、中にいればわかるはずですよ」

北沢は、仕事のときは必要最低限の言葉しか発しない男だが、こういう話になると途端に饒舌《じょうぜつ》になった。

「自分が生きていくための仕事だったら、他人をだますような真似をしなくても、他にいくらでもあるはずです。それがないっていうなら死ねばいいんです」

北沢の結論は明快だった。

基本的には、小森も同じ考え方だ。

ただ、北沢の言葉には、

（だから、そんな胡散臭い商売に加担するような奴は皆殺しにしてしまえばいい）

という響きがあった。

そして、小森にそれを実行してもらいたがっているように見えた。

（こいつの言うこと聞いてると、街の不動産屋や貸し渋りの銀行員まで殺すことになるな。戦争並みの大量殺人になっちまう）

北沢の内面がわかってくると、無表情なようで、ときに憤りが殺意に達していることが読めた。

例えば一緒に街を歩いていて、タバコのポイ捨てをする男に向ける北沢の視線にそれが表れたりするのだ。

そのうち、そんな憤りを見せたあと、北沢は小森に向けて、「罰」を期待する視線を送ってくるようになった。

北沢は小森の「力」を信奉している。新宿で見せた、小森の「力」を再び見たがって焦《じ》れ始めていた。

小森はそんな北沢のリクエストに気づいていながら、黙殺した。

しかし、自分の持っている「力」を完全に封印する気もなかった。拳銃は常に鞄の中にあった。

やはり敏宏の通う二中でもカツアゲの被害者はいた。たびたび金を無心してくる孫を訝《いぶか》った祖母の言葉に両親が驚き、事は発覚した。被害額は小森の会社の若手の年収に達するほどだ。

小森は取りあえず敏宏が被害者でも加害者でもなかったことに安堵した。

敏宏は自分自身を鍛えて、強さと優しさを兼ね備えた少年に成長してくれている。だから案ずるまでもないことはわかっていたつもりだ。だが、自分の息子が関わっていなかったことだけに満足するのは、小森の正義感が許さなかった。

被害に遭っていた少年はさすがに学校を休みがちだったという。家から出るのが辛かったのだろう。

楽しいはずの学校生活を踏みにじった不良どもが憎い。第一、今回の事件はいじめではない。はっきりとした犯罪である。

今から三年前、美香が二年生のときにあったいじめを思い出す。それは小学生らしい事件だった。

4

事件は、美香がラジオ番組の子供相談に申し込んだことで発覚した。学校で何人かが

選ばれてのラジオ出演だったが、自分の番になると美香は、

「私は虫とかが嫌いで、怖いんです。それで男子の人が虫とかを持ってきて、私の机に入れたりしていじめるの」

と語り始めた。たどたどしいが、切実な思いが伝わってくる口調だった。

「そう。美香ちゃんは、そういうときどうしてるの？」

回答者の児童文学者は、さすがに子供の目線で対話してくれた。

「走って逃げる」

「そう。びっくりして逃げちゃうんだね」

「うん」

「そんなことやめてほしいねえ」

優しく語りかけた老作家へ、美香の続けた言葉を聞き、小森は不覚にも涙したものだ。

「どうしたら、虫を好きになれますか？」

スタジオのおとなたちが、美香の意外な発言にたじろいだような間があった。それから美香の解決方法を讃えるコメントがいくつも返ってきた。

結局、美香の場合はいじめられた側の強さが問題を解決した。いじめたといっても悪気はまったくなく、虫をせっせと美香の机に運んだ腕白どもも、よくある好きな子をからかう手合いらしく親と先生に怒られてしょげた連中を逆に美香が励ましていたという。

五年生になった今は多少異性を意識して距離ができているようだが、おとなになればいい思い出だろう。

あの事件に比べると、今回の事件は被害者とその周囲にどす黒い影を残している。加害者の方は計画的に弱い者を追い込んだ。職業的犯罪者に近い確信犯だ。

救えなかった被害者の友人たちも自責の念で苦しんでいることだろう。自殺者を出した一中ではさらに深刻だ。

再び緊急保護者会が開かれることになった。


土曜日の朝、小森は自宅の玄関で靴磨きを始めた。ふだんからそんなにまめなわけではない。おしゃれに気を遣うのも人並み程度だ。だが、学校にどの靴を履いて行こうかと眺めているうちに、いつのまにか靴磨き用のブラシを手にしていたのだ。

通勤用の靴にクリームを塗りながら、不意にあの日のことを思い出した。

ロバ女を地下鉄の線路上に蹴落としたあの日。

初めての殺人。

現場から逃げ出すでもなく、ゆっくりと人の流れに乗って改札口まであがってきたとき、太い柱に貼られたドリンク剤のポスターが目に飛び込んできた。

「活力！」

という文字が鮮明に読めた。同じ改札を入ってきたときにも見ていたはずのポスターが、こんなにも鮮やかな色合いだったとは。

改札を抜け地上に出たとき、ふと靴紐がほどけていることに気づいた。雨の降っている表に出る前に結び直した。

ロバ女を蹴った方の靴だった。

結び終わって顔をあげると、今度は街のネオンが現代版画の世界に見えた。

（美しい）

と、そのとき思ったのか、それとも今記憶を反芻してそう思っているのか。とにかく、ロバ女に天誅《てんちゆう》を加えたあと世界は変わった。

（変わったのは俺の方か）

とは小森は思わなかった。あくまで小森の目に飛び込んでくる景色がそれまでと違っていたのだ。

雨をどう避けて次の駅まで移動したのかは思い出せない。とにかく自宅のある駅に着いたときには雨はあがっていた。そんなに高価な靴でもないのに、足元が軽くて完璧にフィットしていると感じた。

それがこの靴だ。

（それに、歌舞伎町で血がついたのもこの靴だった）

あの店は、そうだあの店はなんて言ったっけ。新聞でも読んだはずだ、ありがちな品のない店名。

六体の屍《しかばね》が転がり、血溜りが広がっていた床。おしぼりを持ってこさせてこの靴の血を拭かせた。どっちの女だったろう？　キツネか、タヌキか。

いやいや話が前後してるぞ。あのキツネとタヌキも死体の仲間入りをしたんだった。それを入れて六体だ。

無言で靴を磨きながら、小森は自分の英雄的行動を整理していた。そうしている己の姿が、武器の手入れをしている兵士のようだと思った。

武器の手入れ？　そうだ、拳銃の手入れもしなければ。手入れの方法は坂本に一度聞いただけだ。もう一度聞いておこう。何て聞く？

「使ったあとはどう手入れすればいい？」

っていうのもどうだろう？　坂本もできれば知らずに済ませたいことだろう。それとも薄々気づいているだろうか。

一度だけ妙子が玄関に顔を出し、真剣な夫の様子に微笑んでリビングに戻って行った。休日に自分の靴を磨く夫は、いい夫なのだろう。

そして小森はいい父親でもあった。

午後、第二中学校の体育館にはこの前よりも多数の保護者がつめかけていた。それぞれの表情から深刻さが増しているのがわかる。

校長や教頭の顔色も心なしか青ざめて見える。妙子の話によると植田《うえだ》というここの教頭は事なかれ主義にどっぷり浸かっているような人物だそうだ。

敏宏が一年生だった昨年、あるクラスの視聴覚教室の授業に、担任の若い男性の教師はホラー映画というよりスプラッタームービーというのか、人形が人を襲う血だらけの映画のビデオを観せたらしい。生徒の中には、それで眠れなくなった子もいたという。保護者の一部がこのことを学校に問い合わせた。別にホラー映画が悪いという話ではない。だが、学校でクラス全員が観るというなら、他にもっといい作品があったような気がする。いわゆる名画と呼ばれるものはそれなりに人の心を揺り動かすもので、それに古いも新しいもない。そんな作品に触れさせてやりたいし、そもそも眠れなくなったというのは問題だろう。

小森に言わせればこの教師が未熟すぎる。大学まで出たおとなが、中学生に観せるのに相応しい映画を選択できないことが情けない。オタクというのか、偏った趣味でしか映画を観たことのない人間を教師に選ぶ基準がおかしいのだ。

ところがこのとき、植田は木で鼻をくくったような応対しかできなかった。保護者たちの方がずっと常識人であったという。

「別にお母さんたちも責めるような口調じゃなかったらしいのよ」

妙子は母親たちの当惑ぶりを小森に説明してくれた。

小森は植田の顔を見た。

(根性のせこさが顔に出てるな)

ドラマでどんな時代を描いても、小役人と言えばこの顔になるだろう。

(やつは保守じゃない。保身主義者だな)

自分の立場を守り抜くことで手一杯になっている情けない男の顔だ。

妙子は問題の男性教師も教えてくれた。真面目なのだと言いたげな風貌がまず気に入らない男だ。

(勉強できれば真面目ってことで、ペーパーテストでいい成績を取れば教師になれるってところから変えていかなければ)

小森はこの教師を見て思った。

教育の現場で命を張ろうとする学生なら、机に向かう勉強だけでは通用しないことを自覚すべきだ。大学生で時間が自由になる間に観劇したり、スポーツを観戦したりコンサートに行ったり、美術館を巡るなどやるべきことは山ほどある。

小森は、この教師に説教を始めたら一日では終わらないと思った。そして、自分が以前より他人に対して強気になっていることに気づいた。

（？　……あ、そうだこの前はまだ一人しか殺してなかったもんな）

今は全部で七人殺している小森である。そんなことで自信を持ってしまった自分がいささか滑稽ではある。

（だが、いないだろう？　七人殺した奴）

土曜日の体育館に普段着で集まっている人々を見渡してそう思った。自分だけ特別な体験を背負っている。

（そうか、俺たちの子供の頃はまだ人殺しの経験のあるおとながたくさんいたんだろうな）

思えば小森の父親も戦争体験者である。殺人の体験がなくても人命が紙くずのように軽かった時代の証言者だ。

その体験があの頃のおとなの自信ではなかったろうか。体罰教師がお咎めを食い出したのはそれよりあとのような印象がある。戦争体験で人の死を身近に感じて生きたおとなたちは、ある確信を持って子供に手をあげていた。そんな気がする小森である。

（いかんなあ、戦後民主主義は）

話が随分なところまで飛躍したもんだ。と、半ば面白がって小森は思考を遊ばせていた。

目の前では教師と保護者代表が生ぬるい報告だか討論だかを続けていて、誰の興味も引いていなかった。第一、事件の重要なキーパーソンである「高島」の名前すら出てこない。誰に遠慮しているのか、「人権」という名の怪物に、特に教師の方が首根っこを押さえられているように見える。

小森はふと、

「世の中は強い人間ばかりじゃないんだ。人の弱さも認めてやれ」

と、中学のときに自分を叱った教師を思い出した。あの先生は確か戦争中、南方にいたはずだ。ニューギニアだかどこか。授業中にそんな話もしてくれていたのにちゃんと聞いてなかった。確かにあの先生も絶対生徒に手をあげなかった。それはある種の優しさだろう。だがこの教師たちの、体罰による責任問題を恐れる優柔不断な優しさとは違う、体罰を明確に否定する理由があの先生の中に確立していたのだ。

(立派だったな、あの先生)

小森はあのときその先生を軽蔑していたことをわびた。名前を思い出そうとしたが、あだ名ばかりが浮かんできてなかなか思い出せなかった。

(…坂……坂崎。坂崎先生って言ったな)

小森が坂崎先生の名前を思い出したちょうどそのとき、下田が発言を求めてマイクの前に立った。いつの間に来たのだろう。体育館に入ってからしばらく小森は下田の姿を探したのに気づかなかったのだ。

例によって、下田はわかりやすい言葉で明確に意見を述べた。学校側には言いにくい話も避けて通らなかった。子供を人質にとられている立場では保護者側から言いにくいこともあるのだが、それで躊躇する男ではない。清々《すがすが》しく痛快である。

だが、植田が下田の発言を訂正する形でネチネチと反撃を始めた。決して下田に反対する立場は取らずに、巧妙に論点をずらしにかかる。

「ええ、今の下田さんのお話ですが、若干事実に即して修正させていただきますと、警察の方としても未成年のからんだ事件でありますから、ここは慎重かつ十分な……」

保護者全員と向き合う形の長机に教師たちは並んで座っている。そこに一人立った植田はマイクを持って、言い回しに妙に気を遣いながら話した。まるで教師たちが横一線に並んだ戦線を一人で守ろうとしているようだった。

「いや、私が言っているのはそういうことではないんです」

下田が業《ごう》を煮やして、話を本筋に戻そうとするのに、

「ごもっともなんですが、事実の誤認があってはいけませんので、もう一度ご説明しますと……」

と、植田はとてもおとなな相手に話しているとは思えない口調ではぐらかしにかかる。

(こいつか！　戦後民主主義の化け物は)

怒りが小森の中でつきあがってきた。許せない。この教頭が何を言っても、

「私の生活を脅かさないでください」

と言っているようにしか聞こえない。

それに意味不明の愛想笑いが、生理的嫌悪を誘う。

沸々と湧きあがってきていた怒りが臨界点に達した感じがあり、ここ最近小森が馴染《なじ》んでいる心の中の感触が蘇ってきた。

殺意だった。


クラスごとに分かれての会になった。この前に比べて雰囲気が暗い。下田も怒っているようだ。小森は下田の植田に対する怒りを確かめたかった。できれば、

「あんな奴死んだ方がいい」

と言ってほしかった。

担任の北川が校内放送で職員室に呼ばれて中座した。するとしばらく討論ではなく噂話が近い席同士で囁かれた。

「北川先生も大変ねえ」

と妙子と話す母親がいた。

「望月《もちづき》先生がお休みするたびにしわ寄せがきてしまってね」

その母親が事情を説明した。望月というのは例の血みどろの映画を中学一年生に鑑賞させて平気だった馬鹿教師だ。

「望月先生は体が弱いんですか?」

妙子が聞いている。

「いいえ。何か学生時代のサークルを続けているらしいんですよ。その都合でお休みを取るらしいんです」

どうやら、そのサークルのOBとしての都合を教師の立場より優先しているらしい。

「体育祭も午後から抜けたんですよ」

その母親は小森にも訴えるように大きめの声で言った。

「去年も今年もですものねえ。あれで北川先生参っちゃったんですから」

別の母親が反対側の席から小森を挟む形で答えてきた。

「体育祭をサボったんですか? 担任が」

下田が呆れたような声で会話に加わった。この話題に全員が集中していた。小森は自分一人が数段階飛び越した、反社会的結論に達している自覚があって黙っていた。

下田が言った。

「なんで教師になったんだか……死んだ方がいいね」

待ってました。と小森は思ったが、他の親たちは笑った。

北川が戻ってきた。同僚の教師の問題まで抱えて苦悩している彼女ということで、当初は、この若い教師の指導力を不安視していた親たちからも今では同情されている。また堂々巡りの議論が始まった。教室にいる親たちの意見はとうの昔にまとまっていても解決策の結論には至らなかった。もどかしさが空気に澱んでいた。

小森だけは解決策を持っていた。

いじめの実行者と指図した不良たちを殺す。植田を殺す。望月を殺す。

それからは？

（葬式があるだろ）

小森は自分の中の問答をおかしいと思った。無言のまま口の端が笑った。

結局は嫌な徒労感だけを抱えて学校をあとにした。

妙子と並んで歩いていると、すぐ前を下田が一人で歩いていた。

「下田さん」

小森が声をかけると、振り返った下田はすぐに古い友人に向けるような笑顔になった。チームスポーツに長年携わっている人間の習い性かもしれない。

「小森さんもこっちでしたっけ？」

小森と下田が並んで歩き、妙子が少し遅れる形になった。

「この前からお話ししたかったんですよ」

小森はこの男の前では素直になれると思って言った。

「大学の頃下田さんの試合を観戦したことがありましてね」

「そうですか。どの試合ですか？」

「国立で、日本選手権の決勝ですよ」

下田は大きく頷いた。

「いい試合でした」

小森が言うと、下田は少し苦笑いを浮かべて、

「前半だけは頑張れましたけどね」

と答えた。

まだ学生と社会人のレベルが今ほど離れていなかったとはいえ、確かに後半は社会人のパワーの前に下田のチームは分断され、フルバックの彼は随分惨めな思いをしたかもしれない。

「すみません。小森は嫌なことを思い出させてしまって」

と謝った。

「いいえ、覚えていただいていて嬉しいですよ」

下田は慌てて、手を顔の前で振るようにして答えた。

「私はその後、日本選手権には出場できませんでしたから」

「そうでしたか？」

「ええ、あれが最初で最後です」

下田は大学卒業後、ラグビーの名門チームを持つ鉄鋼会社や家電メーカーには進まず、今のアパレル関係の会社に就職した。このことは世間には意外に思われたようだが、本人なりの考えがあったのだろう。

「でも全日本でも活躍なさってたじゃないですか」

慰めるわけでもなく小森が言うと、

「そうなんですが、個人が評価されるのも嬉しいですが、やはりチームとして強くなりたい、勝ちたいというのは、きれい事ではなく選手の本音だと思いますよ」

大学ラグビーの名門チームで活躍したあとの、弱小チームでの戦いは予想以上に辛かったのだろう。下田がそんな後悔を、自分のような者に語ってくれることが小森には嬉しかった。

「そうだ、明日のバスケット部の練習試合見に行かれますか？」

下田も息子同士がチームメイトであることを知ってくれていた。

「そうなんですか？　試合があるなら見てみたいですね」

敏宏からは練習試合の話は聞いていなかった。父親が見たがっているとは思ってないのだろう。

「相手は東郷学園の中等部ですから手強《てごわ》いですよ」

さすがに下田は息子のクラブ活動には熱心なようだ。

「行きます、行きます。ご一緒しましょう」

小森にとって久しぶりに充実した日曜になりそうだ。

「奥様はお見えになりませんね、このところ」

後ろにいた妙子が口を挟んだ。下田は少し間を置いて、

「最近忙しいものですから」

と答えた。

家に帰って、小森は妙子に植田と望月の住所を尋ねた。

「ちょっとわからないわね」

「でもほら、緊急時の連絡網とかあるんじゃないのか？」

「担任の北川先生だけよ、住所と電話番号がわかってるのは」

「そうか」

妙子は小森の態度を大して不審には思わなかった。

「そうだわ。卒業アルバムには載ってるかもしれない。卒業生に聞けばわかるわよ」

「知ってる人いるのか？」

「ほら、敏宏の同級生でお兄さんかお姉さんがいる子に聞けばすぐわかるんじゃない？」

取りあえずそんなに難しいことではないようだ。

いつのまにか、小森の中に「殺していい奴リスト」ができてしまって、植田と望月はトップに並んでいる。

(早く殺してやらないと)

誰かのために果たさなければならない義務だ、と感じている小森だった。

5

翌日の午後、小森は二中の体育館に再び出かけた。妙子と美香は買物に出かけている。

体育館は昨日の緊急保護者会の会場だったのが嘘のように、本来あるべき熱気が満ちていた。

二階のギャラリーで下田と並んで観戦する。ウォーミングアップの輪の中にいた敏宏は、父親の姿をすぐに認めたようだが、手を振るような真似はしなかった。その無視のされ方が心地よい。彼は今戦士の一人なのだ。

驚いたことに敏宏はスタメンで起用された。

「そろそろ新チームのことも考えてるんでしょうね。練習試合ですから」

二年生中心の選手起用を見て下田が推測した。

コーチは前田《まえだ》という体育教師で、きびきびとした動きとよく通る声が気持ちいいほどだ。中学生の兄貴分ともいえる若々しさが、小森に好印象を与えた。

「前田先生は大学時代は二軍の選手だったそうですけど、四年間頑張り抜いた人ですよ。もしかしたら一軍で活躍した人以上の情熱を持ってるんじゃないですかね」

なるほど、学生時代スター選手だった下田の観察は正しいのかもしれない。前田コーチの指示は小森たちのところまでよく聞こえる。タイムアウトを取って細かい指導をするその内容は、素人の小森にもわかりやすいものだった。

「下田はパスを受けたときより遠い位置でのシュートが何本かあったぞ。身長で勝ってるときはもっとリングに近づいていけよ」

「よし、小森。いいぞ。シュートは入らなかったけど、結果は気にするな。ああいうタイミングではシュートにいった方がいいんだ」

「はい」と答える選手の目は輝き、前田への全幅の信頼を表していた。

ベンチの後ろで背の高い女性が立ったまま観戦していた。その女性に時々前田が何か言い、返事を聞いては頷いている。

「あれは前田先生の奥さんですよ。前田先生と同じ大学の選手で、インカレでMVPになった人です」

「そうなんですか。奥さんまで協力してくださってるんですか」

「ええ。前田先生えらいですよ。奥さんの方が選手としては上だったことを認めて、アドバイスを受けるんですからねえ」

小森は感動した。教師として職務を十分果たした上に、日曜も生徒の指導に時間と労力を惜しまない先生なのだ。

前田が色白の顔を紅潮させて、選手を叱咤激励している姿を見ながら、小森は植田と望月の顔を思い出していた。

（やつら、ますます許せん）

ここまで頑張っている教師とあいつらが同じ給料とはどういうことか。

（やっぱりいいんだ、殺して）

敏宏がドリブルで切り込みながらディフェンスを引きつけ、絶妙のアシストパスを下田の息子に出した。

「おう」

と、二中のベンチがどよめいたところで、下田の息子がきれいな流れのままシュートを決める。歓声があがる。

小森と下田も拍手した。

「いいプレイだ」

来てよかった。この爽やかさは、正しい者の持つものだ。ここにいる全員は正義だ。ここにいない奴らこそ悪なのだ。

新しい週が始まった。

このところ小森は「月曜の憂鬱」を感じない。土日でリフレッシュして体と心は働く準備ができている。

昨日の敏宏の試合はよかった。勝ったことは大して問題じゃない。息子が自分の世界を持ち、仲間に囲まれているのを確認できたことが素晴らしい。父親の自分以外に彼を必要とし、認めてくれている人間がいる。それが小森には誇らしかった。

昨夜の妙子とのセックスもよかった。長く連れ添った夫婦にありがちなおざなりなものでなく、激しく動く快感の中に愛情を確認できて、すごく癒されたと思う。

だが、このところストレスと無縁でいられる一番の理由は別だろう。

（やっぱり悪い奴らを殺すのはいい）

そう確信している小森だった。

昼休みには北沢が例によって許せない奴らの話をしてきた。いつもは北沢にしゃべるだけしゃべらせておいて、黙って微笑み返すだけの小森だが、

「ちょっと待ってろ。俺の中にも順番があってな」

と意味深長な答えをした。北沢の目が輝く。誰をやるのかは問い返さず、

「やるんですね？」

と、低いがしっかりとした声でそれだけを確かめてくる。今度は黙って頷いただけの小森だった。


水曜日、いつもより少し早い時刻に小森が自宅のある駅まで帰って来ると、いつもは閉店している駅前の書店がまだ営業していた。小森はふらりと書店に入って、平積みになっている本の表紙を眺めていた。

「！」

何かが視界に入った。道路を挟んだ向かい側の喫茶店から見覚えのある顔が出てきた。植田だった。

「!」

続いて出てきたのは北川だった。そのあとに続いて出て来る教師はいなかった。妙な組み合わせだ。

二人きりで何を話していたのだろう?

北川の表情は硬かった。

(植田の野郎、若い女教師を誘惑したのか?)

もしそうであれば、その方が嬉しい。小森の中の「正義ポイント」が一つあがる。つまり、「殺していい奴リスト」の植田の欄にマルがもう一つ加わるのだ。

植田が北川に何か言っている。ジェスチャーからすると、これから飲みに行かないかと誘っているようだ。北川が硬い表情のまま首を横に振った。二人は店の前で会釈すると反対方向に歩き始めた。

小森は植田のあとをつけて行った。しばらく歩くと縄暖簾《なわのれん》に植田は入った。

(いきつけの店なのか?)

小森は躊躇した。続いて入って顔に気づかれたらどうする? 店の人間に二人の会話を聞かれたら、いずれ事を起こしたときには容疑者として自分の名前があがる恐れがある。

小森は店の前まで行き、中を覗いた。引き戸のすりガラスは上の方は透明になっている。植田はカウンターの一番奥に座っていた。店の主人と親しげに話している。

小森は店に入らず帰宅した。

妙子が植田と望月の住所を調べてくれていた。さっそく地図で確かめる。そして、先ほどの縄暖簾から植田の自宅までのコースを予測してみる。

（いいぞ）

と小森は思った。いくつかのコースを検討したが、どうしても深夜はあまり人通りのない住宅街を通ることになる。

（チャンスはありそうだ）


待っていたチャンスは向こうからやってきた。

金曜日だった。

小森は終電で帰ってきた。

駅から自宅に向かう途中で、酔った足取りで前を歩く植田に気づいた。歩くペースを不自然に変えるわけもいかず、顔を確かめたくもあってそのまま一度小森は植田を追い抜いた。

確かに植田だった。

（大丈夫だ。奴が歩くコースはわかっている）

小森は頭の中に周辺の地図を蘇らせた。少し歩みの速度を緩めた。しばらくは駅から北の国道にまっすぐ伸びたこの大通りの歩道を行けばいい。植田はあとをついてくるはずだ。

小森と同じ電車で帰ってきた人々はそれぞれの家路を辿るために、徐々に大通りからはずれて姿を消して行った。小森には好都合の状況になっていく。

途中のコンビニエンスストアの駐車場に四人の若者がしゃがんでいた。染めた髪に剃った眉。そのうちの二人は近所の公園でシンナーらしきものを吸っていたのを見かけたことがあった。

（物色してるな）

小森はピンときた。

まだこのあたりで「オヤジ狩り」があった噂は聞いていない。しかし彼らの目は明らかに「獲物」を求めていた。

小森自身は、最近運動不足を自覚しているが、高校時代剣道をやっていた成果が姿勢のよさと腕の筋肉に残っている。目にも闘争心の名残りがある。

まだ少年ともいえる若者たちにとって、小森は獲物となる「草食動物」ではなかったようだ。小森は彼らの前を通り過ぎた。

小森の数十メートル後ろを酔った植田が歩いている。

(奴なら手頃だろう)

しばらく後ろを振り返らずに歩いて、清涼飲料水の自動販売機の前で立ち止まる。飲み物を買うふりをしながら見ると、コンビニのあたりから上り坂になっている道を植田が歩いて来る。その後ろから影が四つ、距離を保ちながらついてきている。

再び歩き出した小森は、車が通るたびに空車のタクシーを求めるように振り返り、植田と若者たちの動きを確かめた。

植田が角を曲がる。影たちも続く。

小森は、若者の一人が金属バットのようなものを手にしているのに気づき、全身にアドレナリンが巡るのを感じた。

引き返した小森が角を曲がると、一戸建てばかりが並ぶ静かで暗い道を、四つの影が獲物との距離を詰めているのが見えた。もう少し行くと小さな児童公園がある。襲撃ポイントはそこだ、と小森は直感した。小森自身が植田殺害をシミュレーションしたときに、絶好の場所だと思った公園だ。

小森は鞄に手を入れた。殺しに備えて手袋も用意していた。歩きながら両手に手袋をし、拳銃の安全装置を解除する。

児童公園の手前で若者の一人が走り出すのが見えた。

小森も小走りになる。

何か音か声が聞こえたような気がした。

小森はいったん立ち止まり、前後に人影がないのを確かめた。そしてゆっくりと公園に向かって歩き始めた。

小森は入り口からではなく、手前の膝の高さの柵をまたいで公園に入り、木の陰から様子をうかがった。

植田は若者に囲まれて四つん這《ば》いになっていた。その背中に若者の一人が金属バットを振り下ろし、鈍い音と呻《うめ》き声がした。他の三人も無抵抗の植田を蹴っているようだ。

（笑ってやがる）

小森は胸がムカついてきた。

木の陰から小森が出て行っても、彼らは気づかなかった。

五メートルほどの距離から一発目を発射した。

金属バットを持った若者が激しく右に頭を傾けると、膝から崩れるように倒れた。

さらに近づいて、こちらに背を向けていた奴の後頭部を撃ち抜く。

気づいた残りの二人のうち一人は、一番大きく見えている胴体を撃った。

リーダーらしい、よく駅周辺で見かけた顔の若者が逃げようとして転倒した。小森は駆け寄ってその顔を思い切り蹴った。

「ウッ」

若者は仰向けにノビた。小森はその胸のあたりを踏んだ。

（またこの靴だ）

若者の胸を踏んでいる自分の足元を見て小森は思った。先週磨きあげたあの靴だ。

「名前は？」

「……」

銃口を若者の顔に向けて小森が聞いたが、すぐには返事はなかった。

「名前は？」

「……タカシマ」

不思議な偶然に小森は驚いたが、表情には出さなかった。

「年は？」

「十七」

「高校生か？」

「違う」

「中退したな。親は何をしてるんだ？」

「ヤクザ」

高島の目におびえている様子はなかった。

（スキをうかがってやがる）

短いやりとりの中で、更生しようのない心の暗黒が読み取れた気がする。

高島に狙いを定めたまま、ゆっくりしゃがんで金属バットを拾った。バットはへこみができていて血がついていた。植田は大丈夫だろうか？

最初に撃った二人は即死のようだ。後頭部から撃った奴は顔がなくなっていた。

胴体を狙って撃った奴はまだ生きていた。例の歌舞伎町のスナックのウエイターと同じく、エサを求める鯉のように口をパクパクさせて呼吸しようとしている。

（こいつはすぐ死ぬ）

小森はとどめを刺す必要もないと判断した。

小森は高島の処置を考えていた。

顔を見られた以上殺すしかない。しかし、高島の育った劣悪な環境に思いを巡らせる小森だった。

本当に罰せられなければならないのは、高島の父親の方ではないか。

だが、事ここに至っては同情は禁物と言えた。わが身を危険に晒すことになる。

高島に近づくと額に狙いを定めた。

「高島、今度はまともに生まれて来い」

小森はそう言って引き金を引いた。

腹を撃たれた若者も空気を求める運動をやめた。小さな公園には植田の呻き声だけが聞こえていた。

小森は植田に近づいた。元々の標的はこいつだ。

うつ伏せで呻いている植田の肩のあたりを摑んで仰向けにさせた。植田と小森の目が合う。一目で見えていないことがわかった。

鼻と耳から血が流れていた。

「グフッ」

仰向けにしたので血が気管に入ったようだ。あわててもう一度俯《うつむ》かせた。咳をするようにして植田は血を吐いた。ハアハアと呼吸を始める。

「わかってる…わかってるぞ……」

植田の声を聞き取って、小森はドキリとした。頭の中で使った弾丸を数えた。まだ二発残っている。それを確かめると植田のこめかみのあたりに銃口を向けた。

「…おまえは本当は悪い奴じゃないんだ…先生にはわかってるぞ……わかってるんだ…もうやめろ……高島……」

意外な言葉に小森は銃口を下げて立ちあがった。呻く植田を見ながらゆっくりと後ろに下がり、四人の若者の死を再確認して小森は公園から出て行った。

6

事件の翌日から街は揺れた。全国紙の朝刊に、このことが出た。駅前を通るたびに目撃者に協力を求めるビラを受け取った。

小森の正義感は満足していた。高島に同情を覚えたのは殺す直前の一瞬だけだった。冷静に考えれば、これからの人生で善より悪をなすことは間違いないと思える若者だ。四人を殺したことはいい。自殺に追い込まれた一中の生徒の仇を討てた。周辺の中学生の子供を持つ親たちには、彼らがいじめ事件の黒幕であることは理解されている。大っぴらには語られないが、問題が解決されたと思われていた。

日曜になって植田が死んだ。ついに意識が戻らないままだった。高島がかつて植田の教え子であったことは、保護者同士の噂で聞こえてきた。

学校は緊急保護者会どころではない動揺を示していた。

「植田先生は、自分の教え子を救えなかったことで悩んでいたらしいわ」

妙子が植田の通夜から戻って教えてくれた。

「植田は戦死したんですって、植田先生の同級生が言ってたわ。教育の荒廃の中で戦い続けての戦死ですって。見かけによらなかったわね」

確かに、酔っ払いがオヤジ狩りの犠牲になった、と言うだけの話ではないようだ。襲われたときに、植田はかつての教え子を、どうしても救えなかった教え子の姿を認めたのだろう。

高島も、恩師の植田と知っていて襲ったのだろうか?

月曜に出社すると、北沢が目を輝かせて小森の元にきた。

「やりましたね」

新聞を見たのだろう。

「ああ、黙ってろよ」

「当然です」

北沢は続けて、「許せない奴ら」の話を始めた。次の順番でお願いしますということなのだろう。それを制して、

「少し休まないとな。わかるだろう?」

小森が諭すように言うと、北沢は真剣な表情で頷いた。

帰宅すると、妙子が学校のことを報告してくれた。緊急保護者会ということではなく、事が事だけに親たちが学校に集まって、子供たちの動揺を収める策を相談したらしい。

妙子の中には語りたいことがかなりあるようだが、敏宏のいる前では学校側と取り決めた原則的な話しかしなかった。

テレビをつけてもこの事件をずっと取りあげている。

不良グループが教師を襲ったこと。

その中に被害者の教え子がいたこと。

その不良たちが残らず何者かに射殺されたこと。

その何者かは、使われた弾丸から歌舞伎町スナック皆殺し事件の犯人らしいこと。

すべてが世間に衝撃を与えていた。そして、これらをどう繋げればいいのか、推理ゲームが始まっていた。

バラエティ系の、多才で知られるタレントが、

「犯人は正義のつもりでやってんじゃないの？」

と言っているのを聞いて、小森は動揺した。このタレントの推理の延長線上に小森はいる。それは実は誰もが考えていることなのかもしれない。だが、人が殺されたという事実の重みの前で、それは指摘してはならないという暗黙の取り決めがあるようだった。

そのタレントだけは笑いの煙幕に紛れて本音を語ったに過ぎない。

風呂からあがり、寝室に入ると、妙子がいつもと違う意味で待っていた。

「植田先生はこのところ、毎晩飲んでたらしいわ。学校のことで問題があって」

妙子は事情通の母親から情報を得たらしい。

「問題ってのは例のカツアゲの件だろう？」

妙子は確信に満ちた目をして首を横に振った。

「違うの。北川先生のことですって」

小森の脳裏に喫茶店から出てきた植田と北川の姿が再生された。あのときの北川の硬い表情。

「北川先生がどうかしたのか？」

妙子は何から話すべきか迷っているような間を取った。

「北川先生ってお嬢様育ちっていうか、精神的に弱い人らしいのよ」

それはわかる。下町の商店のおばちゃんのような、シャキシャキした威勢のよさとはほど遠い容姿をしている。

「それを教頭としてフォローしてたってことなのかな？」

ふう、と小森には意味不明のため息を吐いて妙子は話を続けた。

「違うのよ。北川先生は弱くて、困ったり悩んだりすると簡単に寝ちゃうんだって、男と」

「はあ？」

ベッドの中でよかった。力が抜けて立っていられないような話だ。

「それで植田とも関係があったのか？」

「違うの。植田先生はそれを心配して、北川先生を呼んでは、説教じゃないけど注意していたらしいの」

「じゃあ、誰と寝たんだ北川先生」

「望月先生」

「えー！」

「しー、声が大きいわよ」

「だって、望月のおかげで北川先生が割り食ってたんだろう？　ふつうは仲悪くなるだろう」

「だから、北川先生は望月先生に抗議というか、お願いに行って、まあ休まないでくださいってことなんだけど、泣いたりするんでしょうね。感情が高ぶって。そうするとそのままセックスしちゃうわけよ」

「馬鹿か？」

「だから声が大きいって」

小森の理解の範疇《はんちゅう》を超えている話に、嫌な感じで目が冴え始めた。とても眠れそうにない。

「誰とでも、ってことは他にもいるんだな」

「前田先生も危なかったらしいの」

　それはわかる。前田先生の爽やかさなら若い女にモテるのは当然だ。

「危なかった、って大丈夫だったのか?」

「奥さんが先生の窮地を救ったらしいわよ」

それは窮地を救ったとは言わんだろう。亭主の浮気を未然に防いだというか、どういう状況かわからないが、女房が乗り込んだんだろう。そう思ったが、小森は口に出さなかった。

「でもその奥さんの抗議で北川先生の問題が発覚したらしいの」

植田も大変だったろう。もしかしたら死にたくなってたんじゃないか? 取りあえず酔いたくなっていた気持ちはわかる。

「生徒の父親とも寝てたらしいの、北川先生」

小森はギクッとした。妙子と目が合う。

「俺じゃないぞ!?」

「馬鹿ねえ、わかってるわよ。でもほんとはあんな若い子、いいと思ってたんじゃないの?」

「馬鹿言ってんじゃないよ」

「あら、ムキになるのね」

「そうじゃなくて…で、誰なんだ？」

妙子は突然深刻な表情になった。

「私も今日知ったんだけど、下田さんの奥さん、家を出たらしいわね」

話の流れから薄々気づいてはいたが、やはりそうなのか。小森は暗澹とした思いにかられながらも、やはりあの人はかっこいいもんな、若い女にもそりゃモテるさ、と矛盾した感情に支配されていた。

「奥さん、北川先生と下田さんの関係を知って出て行ったわけだな？」

「違うの。順番が逆」

悔しいが、妙子の言葉にはいちいち驚かされる。

「逆ってなんだ？」

「奥さんに若い愛人ができたらしいのよ。それで自分から家を出たって。奥さん、子供たちの目の前で下田さんにひどいこと言って出て行ったらしいわよ」

苦いものが喉元に込みあげてきたような気がした。

「ひどいことって？」

聞いてはならないような気もする。本物のかっこよさを持った男には、ヒーローのままでいてほしい。

「あんたなんか若いときだけじゃない、とかなんとかよ。仕事もできないくせにとも言ったらしいわ」

「その情報はどこからだ？」

「なんでも知ってる人がいるのよ」

おばさんたちの情報収集能力のすごさは今に始まったことではないだろうが、何を聞いても作り話ではなく、事実の一端を捉えている感じがある。

ラグビーの選手としての旬の時期が過ぎてからは、確かに会社での居場所に苦労したであろう下田の立場は想像できなくはない。

だが、夢を壊された思いが小森の中に満ちた。会ったことのない下田の妻が許せなかった。

「北川先生は下田さん親子に同情してるうちにそういう関係になったんじゃないの？下田さん結構通ってたんだって北川先生のマンションに」

若い体に溺れたんだろう。下田を非難する気にはなれない小森だった。

「もっとひどい話があるんだけど」

妙子は気のせいか嬉しそうに話した。

「聞きたいような、聞きたくないような……何？」

「下田さんの奥さんの浮気がなぜバレたかというと、その愛人が、奥さんとのセックスの写真をインターネットのアダルトサイトに投稿してたんだって。それを下田さんの会社の人が発見したらしいの」

「あちゃあ」

俺の殺人はやはり正義だ、と思う小森だった。殺しよりひどい話がぽろぽろ出て来るじゃないか。

「じゃあ、社内での下田さんの立場ないだろう」

「そうよね。それに北川先生とのことでも望月先生と揉《も》めたらしいわよ」

「誰とでも寝る女というんでもういいんじゃないの」

「そうもいかなかったんじゃない？　望月先生はあまりモテるタイプじゃないし、執念深そうじゃない？」

「望月も北川先生とのセックスをビデオかなんかで撮ってたりしてな」

「あり得るわ……観たいんでしょ？　そのビデオ」

ベッドの中で小森は股間を摑まれ、それが合図で毎夜の習慣が始まった。

妙子を抱きながら小森は、北川と望月、北川と下田の痴態を想像した。いつもはおとなしい北川がベッドでは豹変すると思うと興奮する。

その夜は久しぶりに、目が覚めても忘れない夢を見た。

坂崎先生が出てきて、

「わかってる、わかってるぞ先生は。小森は悪い奴じゃない」

と言った。

「先生、それ、先生のセリフじゃないですよ」

と小森が言うと、

「いいんだ、いいんだ」

と坂崎先生は頷きながらいなくなった。

すると植田が出てきて、

「小森、世の中は強い人間ばかりじゃないんだ。人の弱さも認めてやれ」

と、体育館の長机の前に立って、緊急保護者会のときと同じようにマイクを持って言った。

「それもあんたじゃない」

と言おうとすると、植田は笑顔のまま耳と鼻と口から血を流し始めた。

夢の中で悲鳴をあげたところで目が覚めた。口の中がネバネバしている。小森はベッドから出て冷蔵庫の中の麦茶を飲みに行った。


翌日、会社では北沢が無言で新聞各紙を持ってきた。一般紙とは違って、スポーツ紙や夕刊紙の中には、金曜の事件といい、歌舞伎町のスナック殺人といい、殺されたのは大半が悪人だということを指摘し始めている。さすがに地下鉄OL転落殺人事件と同一犯とは思われていない。

だが、最初の頃のように歌舞伎町の事件が暴力団の抗争だという思い込みはなくなりつつある。これはつまり小森の方に捜査の目が向けられる可能性が出てきたということだ。

「課長、帰りご一緒できませんか？」

北沢の方から言ってきた。

「そうだな、飲みに行くか」

北沢と二人だけで話しておく必要がある。小森は久しぶりに居酒屋に寄った。

「課長、以前ほど安心しているわけにいかないんじゃないですか？」

心配してくれているのだろう、料理を注文するのもそこそこに北沢は本題に入った。

小森は北沢をなだめるように答えた。

「いや、暴力団の起こした事件ではないかもしれない、というだけで俺が疑われているわけじゃないからな。大丈夫さ」

「でも犯人は正義のつもりの犯行だろうって、そういう目で見られ始めてますよ」

「だから、それは漠然とした話だろう？　大丈夫、気をつけるよ」

小森自身しばらくおとなしくしていようと思っていた。それに弾丸はあと二発しかない。このまま拳銃を使うことなく終わるかもしれない。

「俺考えたんですけど……」

北沢が声を潜《ひそ》めながらも強い口調で話し始めた。

「警察にすれば共通項を探すと思うんです。場所とか動機とか時間とか。今共通してるのは拳銃という凶器だけですからね。ですから全然関連性のない殺人が起これば、課長に疑いの目が向けられることはないんですよ」

北沢の言いたいことがおぼろ気だが見えてきた。殺人をやめましょうという話ではなく、小森の関わり合いのない殺人を犯そうというのだ。おそらく北沢の「正義」も通させてくれというのだろう。

「まあ、待てよ。北沢と関わる人間は俺とも関わることが多いわけだから、同じことだろう？」

そう切り返したのには事情がある。北沢がどうしても小森に殺してほしいと言った人間に、辻《つじ》という社内の男がいた。

辻は確かに性質《たち》の悪い男だった。あることないことを告げ口して人間関係を乱すのだ。

例えば、小森に向かって、

「磯村部長のやり方どう思いますか？　納得いかないんですよね、俺」

と話を振っておいて、小森はいい加減に答えているのに、今度は磯村部長の方に行って、小森が部長のやり方を批判していると告げ口するのである。

驚いたことに辻は、自分が小森に向かって言った磯村部長の悪口を、そのまま小森が言ったという風に磯村部長に告げ口していたのである。

真相がわかるまで、しばらく、部長との間は疎遠になった。今では磯村部長は、

「あいつ何がしたかったんだ？」

と呆れている。

辻はどこでも同じことをした。それで北沢も被害に遭い、小森に辻を殺すことの正義を訴えてきたのだった。

そのときの小森は北沢を諭した。

「確かにあいつのしたことは許せない。それで何か重大な結果を招いたなら、俺も見過ごさないさ。だけどな、あいつのやったことはもうみんなわかってるだろう？　あいつに相応しい罰は何だと思う？」

「死刑」

北沢は本気で辻を憎んでいた。小森は北沢を納得させなければならなかった。

「いいや北沢、辻に相応しい罰は『軽蔑』だ。あいつはどこに行っても同じことをやる。例えば他の会社に移っても必ず同じことをやる。それは間違いない。最初はそれで引っかき回されるだろうが、なーに、みんな気づくさ、あいつの嘘をな。だからどこに行っ

てもあいつは軽蔑される。今だって『女の腐った奴』って、女性に失礼だけどさ、言われたり、『人間のクズ』って言われてるだろう？　何の才能もなくて、悪意で人に告げ口しているあいつの人生は、誰にも尊敬されないまま終わるのさ」

　北沢は頷いて聞いてはいたが、それでも不満そうだった。

　こんないきさつがあったのである。とても北沢の主張する正義に突っ走るわけにはいかない。

　そもそも、明らかな証拠があるわけではないのに「小森に疑いがかかる」という北沢の主張は少々無理がある。北沢の本音は、小森の「力」を自分の望む方向で使ってもらいたいのだ。

　しばらく飲んで話したが、北沢はしぶしぶ小森の意見に従った。何しろ彼にとって、小森はヒーローなのだ。

　小森にとっても北沢はある種の運命共同体と言えた。無下にするわけにはいかない。

　それは大変危険だ。

　結局北沢につきあって、この日の帰りは終電になった。

　駅に着いて、自宅に向かって歩き始めた小森を二人の男が呼び止めた。

「お疲れのところすみません。警察の者ですが」

　小森は意識して無表情に私服警官の顔を見た。

「今終電でお帰りですね。先週の金曜日も終電ではなかったですか？」

「うーん、どうだったかな……先週の金曜、金曜ね、ああ、そう終電でしたよ」

小森は嘘は吐かない方がいいと判断した。

「その時、何か気がついたことはありませんでしたか？」

「ああ、例の殺人事件のことですね。いやあ、申し訳ない。遅かったんで急いで帰っただけですよ。特別気になることはなかったです」

よく見ると駅のまわりでは何組かの警官が改札を出てきた一人一人に同じ質問をしているようだった。

「どうも夜分にお引止めしてすみません。気をつけて帰ってください」

警官はすぐに小森を解放した。

小森はその場を去って歩き始めたとき、急に鞄の中に拳銃を入れていることを思い出して、どっと汗をかき始めた。自然に歩こうと思えば思うほど自分の動作がぎこちなく思える。

走り出したくなる衝動を必死に抑えて、ようやく大通りの歩道に辿り着き、警官たちの視界から抜けた。

自分の住むこの町で四人を殺したことに思い至った。なぜ気がつかなかったのだろう。鞄の中の拳銃だけでも遠くに置いておく必要があるのではないか。

自宅の灯が見えてきた。

立ち止まって我が家を眺めた。幸福の似合う家だと思った。こんな家に住む人間が十一人も殺したなんて誰が思うだろう。そう思うとさっきまでの胸の鼓動が鎮まっていった。

そう、俺は正義を貫いただけだ。

小森は殺した人間を思い出した。ロバ女を殺したときの爽快感。人を脅して金を巻きあげていたあの店の奴らの末路。中学生を手下にしてカツアゲで小遣いを稼ぎ、自殺者まで出しながら、罰せられもせず恩師を襲って殺した不良ども。

体から力が再び湧きあがってくるのを小森は感じると、自宅のドアを開けた。

7

しばらく小森は自分の殺人について思いを巡らせた。

悔やんでいるわけではない。だが、ちょっとした手違いが気にかかっていた。

いじめの黒幕である不良どもは元々殺す気でいた。だが、あの日小森が狙っていたのは植田だったはずだ。植田を追っていたのに目前にもっとわかりやすい悪が現れ、躊躇なくそちらを先に攻撃したら、たまたま高島がリーダーの不良グループだったわけだ。

結果オーライというか、一番の標的だった不良グループを全滅させることができた。被害に遭って自殺にまで追い込まれた少年の仇が取れたし、これからの子供たちの生活から不安も取り除いた。

植田も手を汚さずに葬ることができた。一石二鳥ということで喜んでいいのだが、どうもひっかかるのは植田の人物像が、当初小森が決めつけていたものと違っていたらしいことだ。

植田については、その後も妙子が情報を仕入れてきていた。

「植田先生ね、熱血教師だったらしいのよ」

小森の目には、植田はおよそ「熱血教師」とは正反対の人間に映っていた。

「そうは見えなかったな」

妙子も同じ印象を持っていたらしい。一つ頷いて、葬儀の席でのエピソードを教えてくれた。

「三十代後半かしら、大きな体格をした男の人が、すごく泣いていたんだけど、それが植田先生の教え子だったのよ」

「そうだな、あの先生のキャリアなら四十代の教え子もいるだろうな」

「植田先生、以前すごく荒れてた中学校に赴任してね。中でもひどいクラスを任されて、大変だったんだって。日曜の朝早くから、問題のある子の家を車で一軒一軒まわって、海まで釣りに連れて行ったり。ほら、他の変な遊びに子供たちがはまらないようにしたのよ」

小森が好む教師前田と、若い頃の植田がダブって思い浮かんだ。

「その子たちが成人して、結婚して子供ができて、自分の子を植田先生に見せに来るんだって。そんなときは先生、本当に嬉しそうだったって。でも、一人だけ救えなかった子がいて、刑務所に入ったらしいの。そのことをずっと悔やんでいたらしいわ、植田先生。『あいつだけは救ってやれなかった』って」

「それはもう教師の責任じゃないだろう」

小森は、自分が完全に植田に感情移入しているのを感じた。見るからに爽やかな前田と違い、植田は不器用ながらも精一杯生徒と向き合っていたのだ。

「泣いてた人、その刑務所に入ってた教え子だそうよ。私、おとなの男があんなに泣くのを初めて見たわ」

「それだけ泣けるんだから、その男も根っこから腐ってたわけじゃないんだろうな」

小森は植田の無念を思った。周囲のおとなたちから見捨てられたような生徒をなんとか救おうと、まさに生活のすべてをかけた青年が、やがて教頭となり、生徒だけでなく問題の多い同僚教師の指導もしながら、最期は救えなかった教え子に撲殺されたのだ。

『……おまえは本当は悪い奴じゃないんだ……先生にはわかってるぞ……』

あのとき聞いた、植田の遺言ともいえる言葉が耳の奥に蘇った。

(最期の最期まで生徒を信じたのか……)

痛ましい愛だ。植田は甘すぎた。その一方的な信頼は、あの不良たちには通じなかったろう。

「こんな話も聞いたわ」

妙子が続けた。

「植田先生が教頭になってからのことだけど、一学期が始まる直前に、一人の先生が急に産休取るって言い出したんだって」

「産休? そんなの何ヶ月も前からわかることだろう?」

「違うのよ。産休取ったのは男の先生なの」

「え? 男の教師が産休取れるのか?」

「そうらしいわよ。それは組合が勝ち取った権利なんだけど、その先生は組合費も出してないような人なんだって」

「それで権利だけは行使するわけか……厚かましい野郎だな」

「それも腹立つけど、問題は新学年が始まる直前にそんなこと言い出したので、先生方の授業のやりくりがつかなくなったの。それで教頭の植田先生が数学を教えることになったんだって。社会が専門の植田先生がよ」

「そんなことできるのか？」

「できるらしいわ。それでも植田先生は楽しそうだったって。苦手な数学でも教壇に立つのが嬉しかったんでしょうね。『植田はそういう奴ですよ』って学生時代からのお友だちが言ってたわ。教室に行く直前まで職員室で参考書とにらめっこしてたそうよ」

小森の一番の誤解はここにある。植田は前田のような熱心な教師の足を引っ張る側だと思っていた。

植田の目に、若い教師たちはどう映っていたのだろう。同僚というより、かつての教え子よりも年下の教師たちは、生徒と同列に思えたのではなかろうか。

そう思うと、生徒にスプラッタームービーを観せた望月を、植田が庇ったのもわかるような気がする。保護者側からすれば、教師としての適性を問いたいところだが、植田にすれば教師を育てようという、大きな気持ちがあったのだろう。

小森が目撃した北川とのこともそうだ。植田は北川を救いたかったに違いない。お嬢様育ちの女教師が、同僚教師だろうが生徒の父親だろうが、簡単に寝てしまうなんて表沙汰になれば大変だろう。さすがに植田も頭を抱えたに違いない。

不器用な植田は、酒でも飲みながらでないと、北川に本音をぶつけられなかったのではなかろうか。それが小森が目撃したあの場面なのだ。

植田の人物像が当初と違った形で鮮明になってくるにつれ、小森は自分の手で植田を殺さなかったことに安堵した。しかし、それは偶然の結果でしかない。

（危なかったな）

小森は背筋に冷たいものを感じた。間違った殺人を犯すところだったのだ。

高島を殺したことについては、逆にこれで正当性が強化された。どこまでも自分のことを心配してくれていた恩師を襲うとは、なんと捻じ曲がった根性なのだろう。


小森が高島を殺すときに、多少迷ったのには理由がある。

あれは学生時代、九州に一人旅をしたときだ。

新幹線の食堂車に行った。満席だったので、入り口前の通路で席が空くのを待っていると、家族連れがやってきた。

まだ二十代らしい夫婦と五歳ぐらいの娘。その子の祖母にあたると思われる婦人も一緒だった。

母親が着飾っているわりに、おかっぱ頭の女の子は地味な服装をしていた。

「オシッコ」

女の子が言うと、母親は面倒臭そうな顔をした。祖母が取りなすように、

「私も行きたいから」

と、三人でトイレに向かった。

ジリジリジリ……。

しばらくして非常ベルが鳴った。通路の先から女の子の泣き声が聞こえ、やがて泣き声の主は母親と祖母に引きずられるようにして、通路の角を曲がって現れた。

小森の横に立っていた若い父親は、一言も発しないで手も貸そうとはしなかった。

「この子が非常ベルを鳴らしたんよ」

そんな夫に訴えるようにして母親は何があったかを説明した。

新幹線のトイレの中に、気分の悪くなった人用にベルのスイッチがあるのは小森も知っていた。非常ベルというほど大げさなものではない。家庭の照明のスイッチと変わらない形のものだ。鳴らしても反対側を押せば簡単に止まるものである。

小森はそれを教えようかと思った。たぶん、突然鳴り始めたベルに動転して子供が泣き、母親もベルの止め方がわからずに、そのままにしてここまで戻ってきたのかと思ったのだ。小森が失礼のない言い方を考えていると、母親が今度は子供の泣く事情を父親に説明し始めた。

「この子が何かのスイッチを押してベルが鳴ってね。逃げようとしたら、『私がやったんだから、私が直す』って泣きだして。頑固なのよ、この子」

〝逃げようとしたら〟という発言が小森には理解できず、一瞬思考が止まった。

「ほんとに変なところで正義感が強いんだから……」

横から祖母が口を挟み、母親は憎らしげに泣いている子供を見た。

小森には信じられなかった。この子は正しい。なぜ責められる必要がある？　小森は父親に望みを託した。この子を庇ってくれるに違いない。

「いい？　ああいうときは逃げるの！」

母親が泣いている子供の手を握ったまま振るようにして叱った。

父親も憎らしげに子供を見たまま何も言わなかった。

小森は唖然《あぜん》として一同を見た。ベルは簡単に止められる。それは見ればわかるはずだ。わからなかったら、車掌を呼ぶか、車掌が来るまで待てばいい。

「子供がスイッチを押したらしくて」

と説明して謝ればいいだろう。それで乗客を叱る車掌がいるとは思えない。

小森は暗澹とした気持ちになってその場を離れ、自分の席のある車両に向かって歩き始めた。

おとなが三人いた。だが、誰一人として常識的な発言をしなかった。あの子はあの両親に育てられてどうなるのだろう。幼い心にある正義感はどんな影響を受けるのだろう。

それよりも不思議なのはあの両親からあの子が生まれたことだ。持って生まれた正義の資質などあるのだろうか？

正義感や価値観といったものは、環境や教育によって形をなすのではないのか？

このときの体験から、小森は子供が独立した人格を持っていることを知った。

「トンビがタカを産んだ」

というが、

「馬鹿が利口を産む」

し、

「ヤクザが君子《くんし》を産む」

こともありうるのだ。

これが高島に対して、小森が同情的であった理由である。

ヤクザの父親を持った高島が、十七年の人生において繰り返し刷り込まれたのは、信頼や正義とはほど遠いものだったろう。愛という言葉も本来の意味を知りえたろうか。

そんな高島も幼い頃は、あのときの少女のように正しい心を持っていたかもしれない。

その心を父親が黒く染めていったと思うことは、あながち見当外れな想像とは言えない。

だが、たとえそうだとしても実際には、植田という教育に対して誠意と良心を持って取り組んでいた教師が彼を救おうとしたのに、悪の道を突っ走り、ついにはその恩師に襲いかかった高島だった。

(結果、俺のやったことはすべて正しかったわけだ)

小森はそこには安堵していた。間違った殺人は犯していない。自分のやったのは「正しい殺人」だ。

しかし、もしかしたら間違う可能性もあることを、今回の一件は示している。

小森は心の中で最初の殺人から検証を始めた。

8

最初の殺人。小森が「ロバ女」と蔑《さげす》んだ小鹿という若い女だ。

あの女は毎日電車の中で横に立った男を標的に、痴漢よばわりしてネチネチと厭味《いやみ》を言い続けていた。たぶんそれで日頃の鬱憤を晴らしていたのだろう。

小森は頭の中でファイルを開けた。

小鹿麗子。二十五歳。四国出身。

高校卒業後、女優を目指して上京。ある劇団の養成所に入る。

新聞や週刊誌で得た情報をそこまで辿り、

(そこのところがセンスなかったんだよ、あの女は)

と小森は思った。

自分が女優になれると思っていたのが、あの女の愚かなところだ。もって生まれた美貌も、才能のきらめきもないのに、そんな道を選んで楽しいはずはないだろう。間違った場所に迷い込めば、苦労ばかりで報われる喜びはない。

(元々センスがない上に、余計な苦労ばかり背負い込めば、ああなるかなあ)

小森の高校時代の同級生で、役者から演出家になった大高《おおたか》という男がいた。同窓会のときに大高の仕事の話になり、誰かが、

「いいなあ、きれいな女優に囲まれて」

と、素人の羨望を自覚しながらひやかすように言うと、大高はため息を吐くようにして、

「苦手だよ、女優は」

と答えていた。

「俺は男だろう。すると、男の俳優はどいつが『化ける』のか、いまいち読めないんだ。だから芝居でつきあっていても気が楽だ。誰にもチャンスがあるように見えるからな。ところが、女優は輝きが見えてしまう。どこがどうとは説明できないんだが、上に行ける子はわかるし、どんなに努力してもダメな奴も見えてしまうんだ」

みんなで、「なるほど」と感心したので、大高の話したこのくだりはよく覚えている。

(小鹿もそういうダメな奴だったんだろうな)

と小森は演劇には門外漢ながら断定した。

（観客は俺みたいな素人だからな）

ということで自分自身の考えに説得力を持たせる。

小鹿がその演劇養成所に入れたのは、そこの経営上の都合だと思う。本当に才能のある者だけを選別していたら、倒産してしまうだろう。

「俳優養成所で人一倍熱心に勉強していたのに、サボってばかりいる人がいい役をもらったりするのを悔しがっていました」

週刊誌に載っていた小鹿の友人のコメントを思い出す。

（ほんと馬鹿だよなあ）

使う側が、登場人物に相応しいキャラクターを持った子をキャスティングしていくのは当たり前だろう。熱心であることだけでは、誰も説得できない。

遅刻せずに毎日通うということは実は当たり前のことで、そのサボってばかりいたという子も問題だが、そこで差をつけようというのも甘すぎる。それが価値になるような、例えば新聞配達でもやっていればいい。

大高は女優の苦手な理由を他にも語っていた。

「男でもいないわけではないんだけど、女優同士って変な足の引っ張り合いをするわけよ。人の小道具隠したりさ。な、意味ないだろう。舞台全体がよくなれば自分の評価もあがるだろうに、人を引きずりおろせば自分があがると思ってる馬鹿がいるんだよ。そんな争いに巻き込まれてみろ。アホらしくて泣きたくなるぜ」

大高によるとよくある話らしかった。

(小鹿だよ)

こうなると根拠も何もないが、あの女はきっとそんな嫌がらせをしたに違いないと思う。

いずれにしても小鹿を殺したことが「正しい殺人」であったことは、小森の中で揺るがなかった。

小鹿が生きていれば、彼女の出す悪意から周囲の人々はほんの少しだが、「不幸」を積み重ねていったことだろう。それを全部合わせれば、何人かが死んでしまったほどの不幸ではないか。だから死刑は正しい。

舞台の上でスポットライトを浴びることを夢見た少女は、都会に出て地下鉄の車輪の下でむくろになった。

(それが相応しかったんだ)

小森は同情していない。

続いて、歌舞伎町のスナックで殺した奴らだが、これはもうはっきり正当化できる。毎日あの店では北沢のような被害者が出ていたのだ。

あの店長はヤクザといっても末端で、いわばヤクザのシノギの最前線で堅気と接する立場だったわけだ。あの世界ではワリを食っていたのだろう。だから同情できるのかといえばそうではない。

再び小森は頭の中のファイルを開いた。自分の犯した殺人の記事のスクラップを残すわけにもいかず、すべては頭の中にあるのだ。

夕刊紙の記事にあったが、ある自動車修理工場がこの店長のベンツの修理を請け負ったところ、

「CDが聴こえなくなった」

とクレームがついたという。その修理というのはボディの塗装で、CDなどまったく関係のないものだった。当然工場の方は当惑したが、結局二十万円を弁償させられたという。警察の民事不介入を逆手に取り、恐喝ぎりぎりの巧妙さであったらしい。そんな悪知恵はいくらでも湧いてくるのだろう。

ママのトモコは、高校中退の家出娘だったらしい。ヤクザの店長と懇《ねんご》ろになり、家と親を捨てたのだ。なんでも妻子のあった店長を奪う形であったという。十代から色事しか頭にない貧しい精神生活だったのだろう。ワイドショーで、当惑している母親のイン

タビューが流されていた。

両親にも十年間音信不通だったという。

小森は娘を持つ身として、この親には少し同情した。だが、トモコが自分の行動を恥じて親との音信を絶っていたとは思えない。セックスとドラッグが彼女の人生だった。それ以外に語ることはないだろう。

この夫婦に子供はなかった。いたとしても小森はこの二人を殺したことを後悔しないだろう。子供が育つのに、いない方がいい親も世の中にはいる。

手下となっていたウエイター二人も、更生しようがなかったろう、と小森は思う。若いうちから世間や人間をみくびっていたような奴らだ。

「お金は大切だ」

と、

「どうせ金だろう」

の間には宇宙の果てと果てほど開きがある。

小森が殺した二人の青年に、特別な他より秀《ひい》でた才能があったようには思えない。だが、地道に、人のためになる生き方を貫く道もあったはずだ。

ささやかな幸福を数十年かけて達成する人生は大変な成功なのだが、彼らには大金を手にすることしか成功とは思えなかったのだろう。

毎日人をだますことで収入を得ていた四人は、小森に処刑された。世間には四人の死を悲しむ声より喝采《かっさい》する方が多かった。それだけでも小森の正当性は証明されている。

キツネ娘とタヌキ娘については、考えようによっては、職業的犯罪者である店の四人よりも性質が悪い。あの二人は罪の意識すらなかったのではないか。

二人をナンパしていた被害者の方を批判する声もないわけではなかったが、小森はそんな意見はお門違いだと思った。ナンパしていた男たちが、最終的には二人の肉体が目当てであったとしても、別に強姦しようというわけではないだろう。初対面の人間同士が声を掛け合って、コミュニケーションを広げることは悪いことではない。

そうやって心を開いて接してきた男たちを、二人は蟻地獄に誘い込んだ。二割の取り分で、効率のよいアルバイトとでも思っていたのだろう。

「そんなに金がほしけりゃ、売春でもしてればよかったんですよ」

と、北沢は吐き捨てるように言ったが、ある意味正しい。人を傷つけないということでは、肉体を売る方がマシだろう。

二十歳で世間を舐めたような生き方をしていた二人が、今後世の中のためになるとはとても思えない。

最後の一人、タヌキ娘を殺すとき、北沢が、

「こんな奴、いなくなった方が親も喜びますよ」

と言った。

正しい。

9

土曜の午後のリビングで、テレビを眺めながら、小森がそんなことを考えていると、バスケットの練習を終えた敏宏が帰ってきた。

「ただいま」

と小森に向けた顔がすっきりとしている。

小森にも覚えがある。スポーツに熱中して大量の汗をかくと、体中からいろんな不純物が取り除かれたように感じる。心の中まで洗い流したような爽快感があるものだ。今の敏宏はそれだろう。

今度は高島と一緒に葬った、三人の不良たちのことが思い浮かんだ。十六、七歳の高校生の年齢で、中学生を手先にしてカツアゲをさせていたような少年たちだ。逆らった中学生には自分たちが出て行って、暴力で屈服させた奴らだ。

小森は彼らの弱さを憎んだ。人生で真っ当な勝負からは離脱し、自分たちより弱い者を食い物にしていた輩である。

小森は若い頃から不良とかツッパリと呼ばれる連中が嫌いだった。かっこをつけているが、要はまともに勝負したのでは勝ち目がないとわかって居直っていた連中だ。

勉強がダメでも、若いうちならおとなと違っていろんな勝負の場所がある。それはトラックであったり、体育館であったり、芝生や畳の上であったりするわけだが、日本一を決める戦いに一回戦から参加できるわけだ。

現に今、小森の長男はその戦いの中にいる。彼が頂点を極めることは当然難しい。たぶん途中で敗北を知るだろう。努力の内容が濃ければ濃いほど、その敗北の涙は苦味を増すだろう。だからこそ素晴らしいのだ。勝者であるうちより、潔い敗者になったとき、息子は成長してくれるものと思う。

あの不良たちは戦う前から諦めたのだ。報われないから、と努力を最初から放棄したのだ。それこそ本物の負け犬だ。

生きる限り彼らは逃げ続けたろう。本物の勝負から。そして、他人を傷つけることを繰り返したに違いない。

(殺してやってよかったんだ)

小森は、冷蔵庫からオレンジジュースを出してうまそうに飲んでいる敏宏の姿を見ながら、あの夜コンビニの駐車場にたむろしていた不良たちの顔を思い出していた。

(目だな、目が違う)

高い目標を設定して頑張っている敏宏と比べると、小森に殺された不良たちの目の印象は、なんというか「浅い」感じだった。目の前の損得しか見極められない感じの……。それを言えば、歌舞伎町のスナックのウエイターとキツネ娘とタヌキ娘もそんな感じだった。

(!)

一瞬、小森はドキリとした。同じような「浅い」目をブラウン管の中に見たからだ。そこには芸能レポーターが映っていた。

表が暗くなり、美香がバレエ教室から帰ってきた。通い始めた頃、髪をアップにしてもらえるのが嬉しくて、バレエの日を楽しみにしていたのが昨日のことのようだ。だが、テカテカ光るレオタードのお腹の部分がプックリ出ていた幼児体型が嘘のように、今は伸びやかな手足が女性らしくなってきている。

(話すと子供なんだがなあ)

女性らしい美しさを備えつつあるわが子を見て、小森は不思議に思った。自分の持った「家庭」というものが、確実に大きく育っている。小森と妙子が作ったこの環境から、二つの人格が巣立って行くのだ。そこで、それぞれの「家庭」ができるだろうが、そこは少しだけかもしれないがここに似ているのだろう。

妙子はキッチンで夕食のカレーを作っている。土曜か日曜にカレーが多いのは小森の育った家も同じだった。何か無性に懐かしい家庭のにおいが部屋に満ちてきている。

(とりあえず、親が俺にしてくれたことは、子供にしてやれてるな)

そう思ったとき、突如小森は大きな満足を感じた。

魅力的で気の合う妻がいて、どちらも自慢できる息子と娘がいる。これ以上何を望むというのか。

この幸福を壊したくないと思うと、急に鞄の中の拳銃が気になり始めた。

小鹿を殺したのは、歌舞伎町スナック皆殺し事件と同一犯だとは思われていない。だからはずして考えても大丈夫だ。

「歌舞伎町スナック皆殺し事件」と「オヤジ狩り不良少年皆殺し事件」とは同一犯と思われている。北沢は口を割ることはないだろうが、小森の自宅のある近所が現場になったことは確かで、この前のように警官に職務質問される可能性はこれからもあるだろう。

(拳銃をなんとかしないとな)

カレーのにおいに包まれて、リビングでくつろぐ敏宏と美香を見ながら思った。この子たちを殺人犯の子供にするわけにはいかない。

未成年者が犯罪者となると氏名は公表されないが、成人は公表される。すると奇妙なことが起こる。

子供の犯した罪は、監督責任と教育してきた責任が両親にあるはずだが、氏名は公表されないから、親も特定されない。

親の犯した罪は氏名が公表されるから、子供も特定される。

これは矛盾していないか？

親の犯した罪は、子供も違う形でペナルティを払わされるのに、子供が罪を犯しても親は安泰だ。

逆じゃないのか？

だがそれが現実だ。小森は二人の子供を守る義務があると思った。

考えた末、小森は北沢に電話した。

「明日の日曜、俺の家にきてもらえないか？　預けたいものがあるんだ」

北沢は勢い込んで答えた。

「お邪魔させていただきます」


日曜の駅前は平日よりカラフルに見える。気分のせいでなく、人々の着ているものの色のせいだ。そんなテーマパークのような風景の中に「四少年射殺事件」の目撃情報を求める看板が点在している。世間は「オヤジ狩り不良少年皆殺し事件」と呼ぶが、さすがに警察は、殺人を肯定するにおいのある言い方はしないということだ。

一般的には、この事件は恐れられているが、同時に「処刑」であることを感じ取られてもいるようで、どこか底流に犯人を支持する気分がある。

小森が看板の一つを眺めていると、約束の五分前になって北沢が姿を現した。

「おはようございます」

「おはよう。こっちだ」

北沢を促して歩き始めようとすると、

「課長……これ」

北沢は、「目撃者を探しています」と大きく書かれた看板を示して立ち止まった。

「近いんですか？」

現場を見たがっているようだ。

「ああ、あとで見せてやるよ」

拳銃入り鞄は家に置いてきていた。

会社の人間を家に連れて来るのは久しぶりだ。

「ただいま。お客さんだよ」

「お邪魔します」

敏宏は練習に出かけている。妙子と美香が北沢を迎えた。

リビングで、コーヒーを飲みながら世間話をする北沢は、典型的な好青年に見えた。最初の頃の摑み所のない、妙な感触の男だったのが嘘のようだ。

(仕事が人間を成長させるのかな)

そう思い、確かめるように、

「最近、仕事はどう?」

と聞いてみると、

「はい。やっと面白くなってきました」

と、明るい表情をして答える北沢である。

元々能力はある男だったのだろう。ただ、子供の頃から耐える体験がなかったために、直感的に、

(面白くない)

とか、

(つまらん)

と思うと、受け身のままで不貞腐《ふてくさ》れたような態度しか取れなかったに違いない。

それが、小森の「力」に期待して、その下で言われるままに体を動かしているうちに
それが自然と耐えることになり、仕事の面白さがわかるまでになってきたのかもしれな

い。

（これも、殺しの副産物だな。いいことばっかりだ）

驚いたことに北沢と美香は気が合うようで、北沢は美香のバレエの発表会に行く約束までしている。

妙子も北沢には好印象を持ったようだ。

「じゃあ、そろそろ行くか」

頃合をみて小森は立ちあがり、鞄を持ってきた。

「ママ、北沢君を車で送ってくるよ」

美香が、

「私もついてっていい？」

と言ったが、仕事の話があるから、と納得させた。

車で送ろうと思ったのは、北沢に電車で拳銃を運ばせたくなかったからだ。

「じゃ、これ鞄ごと預かってくれ」

車に乗り込むとすぐに、北沢に拳銃の入った鞄を渡した。

「課長、鞄どうするんですか？」

「新しいのを買うつもりだ」

車を出すと、

「例の公園の前を通って行こう」

と、まっすぐ国道には出ずに、住宅街の道を通った。

このあたりは戦前からの高級住宅街で、道幅も広い。

「ここだ」

小森も例の公園を見るのは事件以来だ。駅前と同じ看板が電柱に立てかけられていたが、それ以外は何事もなかったように、幼い子供を滑り台で遊ばせている若い父親の姿が見えた。

そんなのどかな光景を見ながら、北沢は胸の前に抱えるようにしている鞄をポンポンと手で叩いた。

公園を通り過ぎると、小森は住宅街をそのまま抜けて国道に出る道を選んだ。しばらく行くと、工事中で少し狭くなっている箇所にさしかかった。前方に小学生の乗る自転車が二台見える。そのうちの一台は二人乗りをしてヨロヨロしている。小森は運転中にクラクションを鳴らさないドライバーだった。特に歩行者や自転車に対してはそうだった。

「そこどけ」

という感じがして嫌なのである。

「ぶつかれば怪我するのは相手なんだから、車の方が気をつけてやらないと」

というのが持論である。

小森はぐっと減速した。工事箇所は五十メートルもない。道が広くなるところまで自転車のあとをついて行くつもりだった。

突然クラクションが激しく鳴った。バックミラーを見ると紺のセダンが後ろにいる。デリカシーのない鳴らし方は、小森と北沢の神経を逆撫でし、前を行く自転車の小学生をおびえさせた。車ではさほどには感じないが、上り坂になっているらしく、小学生たちは尻を浮かせて必死にペダルをこいでいる。

工事箇所を過ぎた。小森は大きくゆっくり自転車を追い越した。

次の角を右折する。紺のセダンも続いた。そのまた次の角を小森が左折したとき、なじるように激しくクラクションを鳴らして、紺のセダンは直進して行った。

小森は車を止めるとギアをバックに入れ、左折した角を元に戻ると、紺のセダンについて行った。

北沢は何も言わないが、何かを期待しているのがわかる。

「こんな住宅街で、車が子供を守ってやらなくてどうするんだ」

小森が独り言のように呟くと、北沢は大きく頷いた。

しばらく紺のセダンのあとをついて行った。

小森はタイミングをはかっていた。信号待ちにしても、ちょうど黄色から赤になるぐらいのタイミングでひっかかりたい。そうでないと、車から降りた途端に青にならないとも限らない。

運よくそのタイミングで信号待ちになった。交差点には、紺のセダンの前に二台止まっている。すぐには走り出せないだろう。

小森は車を降りると、紺のセダンまで歩いて行き、運転席の窓をノックした。

「なんだ？」

窓が開いて、メタルフレームの眼鏡に口髭の男が横柄な態度で顔を出した。年齢は三十五、六歳。

(リゾート地のペンションのオーナーにいそうなタイプだな)

と小森は思った。

「そっちの方がなんか用があるんじゃないの？　クラクション鳴らしたでしょう？」

小森が努めて冷静に言うと、

「あそこは一旦停止でもなんでもないだろう！」

男はうるさそうに言った。

(こいつは！)

小森は心の中で「正義」を一つ引き寄せた。

「だって、小学生の自転車がいたでしょう。見えなかったの？」

小森の声が大きくなった。

「うるさいなあ、子供が寝ているんだから静かにしろ！」

後部座席を見ると、確かに一年生か二年生ぐらいの男の子が眠っていた。

（この男は、自分の子供の眠りを妨げてるのも嫌がるのに、よその子の命はどうでもいいのか？）

「正義」がたぎり始めた。

「おまえ、ちょっとここで止まれ」

小森は窓から手を伸ばして、セダンのエンジンを切ろうとした。

「何すんだ！」

男は抗《あらが》った。

小森はキーから手を離して一息つくと、左のストレートを男に見舞った。利き腕ではないので浅かったと思ったが、男の眼鏡が飛んだ。

そしてもう一発。これはきれいに入った。

信号が青になった。

「そこの角を左に曲がって止まれ」

小森は男に命じて自分の車に戻った。

「どうでした？」

北沢が聞いた。目に力が入っている。

「とんでもない野郎だ」

言いながら、小森は車をスタートさせ、交差点を左折するセダンに続いた。

「あの野郎、よその子供の命はなんとも思ってないくせに、自分の子供が起こされるのを嫌がるんだ」

北沢は小森の説明に満足そうだった。

命令通りに左折したと思ったセダンはしかし、止まろうとしなかった。

小森はここで初めてクラクションを使った。

(こういうときにこそクラクションは使うもんだ)

と言わんばかりに鳴らし続けた。

紺のセダンは左に寄って止まった。

小森はすぐ後ろに車を止めたが、車から降りなかった。降りた途端に逃げられることを警戒したのだ。

セダンのドアが開き、男が降りてきた。眼鏡をはずしたままだ。小森の横の北沢の姿を認めて、自分の形勢不利を悟ったようだ。

小森が車を降りると、

「殴ることはないだろう」

と、抗議してきた。そんなこと知るか、と小森は無視して、

「おまえ、よその子はどうなってもいいのか？」

と、怒りを持続させてたたみかけた。

「自転車に気づかなかった」

という言い訳を、この男は使う気がないようだった。

しばらく言い争いが続いた。

「殴ることはないだろう」

と、

「よその子はどうでもいいのか？」

小森は確かな「正義」の上に立っていて揺るがなかった。小森にとって男の言う、の平行線だった。

「暴力はいけない」

は、迷信に過ぎなかった。

口髭の男の悲劇は、目の前の男の怖さに気づかなかったことだ。

一見常識人に見えるこの男は、計十一人を「正義」のために殺しているのだ。

口髭の男は口論をやめて自分の車に戻った。

小森の方は話が終わっていなかった。

二人は紺のセダンの運転席のドアを挟んで、立ったまま言い争いを続けた。

小森が気づくと、横に北沢が立っていた。

「……」

北沢は黙って小森に鞄を差し出した。その目は何かを訴えている。

小森は急に冷静な口調になって、

「いや、子供もいるしな」

と言った。後部座席で眠っている罪のない男の子から父親を奪うわけにはいかない。そういう意味のつもりだった。

小森は自分の車に向かって歩き始めた。後ろでセダンのドアの閉まる音がした。北沢が何か言っている声もした。

小森がシートベルトをして、エンジンをかけると、北沢が戻ってきて助手席に乗り込んだ。車を少しバックしてUターンする。

バックミラーで見ると、紺のセダンはいつまでも動かなかった。

小森はハッとした。

火薬のにおいがする。

助手席の北沢を見た。いつもと変わらぬ表情の中に満足気な目がある。

「殺《や》ったのか？」

小森が聞くと、北沢はゆっくり小森の方に顔を向けて、

「殺りました」

と、はっきり答えた。

小森は喉を鳴らした。

「子供はどうした？」

北沢は静かに首を横に振った。

「子供に罪はありませんから」

北沢の家に近づくまで、二人はほとんど黙ったままだった。

殺した瞬間は誰にも見られていないはずだ。

しかし、あの男と小森が言い争っていた姿は、信号待ちをしていた交差点では確実に複数の目撃者がいる。

（弾丸は一発しか残っていない）

小森は頭の中で計算して確かめた。

途中北沢に道案内されながら、ようやく北沢の実家の前に着いた。えらく大きな家だ。

（こいつ『中流』どころじゃないな）

しばらく小森は見入った。

「豪邸だな」

「まあ、古い家ですから」

車から降りた北沢は、いずれ自分のものになる家を見て、なんでもないように答えた。

「それに静かないいところじゃないか」

「そうでもありません。週末になると暴走族がうるさくて」

車を出す前に小森は、

「それ、預けると言ったけど、やるよ」

と告げた。北沢は目を輝かせた。

「本当ですか？」

「ああ」

北沢は鞄を抱くようにした。

「どうやって手入れすればいいんでしょう？」

「さあ、専門家に聞いてみるしかないが、警官に聞くのはやめた方がいいだろうな」

「はい」

北沢も冗談が通じるようになっていた。

小森は北沢を降ろしたあと、まっすぐ自宅に帰った。

夕食で「二日目のカレー」を食べたかったのに、練習から帰った敏宏が全部食べてしまったという。

（へえ、結構いい選手になるかもしれないなあ）

学生時代、スポーツで注目されたような奴はみんなよく食べた。敏宏も練習のあとで旺盛な食欲を示すとは、選ばれた一部の集団に入るのかもしれない。

（でも食いたかったなあ、二日目のカレー）

子供の頃からのカレー好きは変わらない。好物を聞かれて、本音を言えばカレーと答えたい自分がいる。それは子供じみてると思い返して、適当に「おとなな答え」を用意するのだ。

（あの男もゆうべはカレーだったかもしれないな）

北沢に殺された口髭の男のことが思い出される。あの男の家でも二日目のカレーが待っていたのかもしれない。

夜、ベッドの中で妙子が、

「今日の美香は『女』だったわね」

と突然言った。

「え？」

小森には一瞬何のことかわからなかった。

「北沢さんよ。美香の話し方、聞いてなかったの？　あれは女が男に話しかけてるのよ」

「それは恋愛対象ということでか？」

「まあ、そうね」

「それは嫌だなあ」

小森は正直に言った。

「どうして？　自然なことでしょう？　あなたも今から慣れておかないと、あっという間よ、婚約だ、結婚だ、って」

それは理屈ではわかっている。北沢と美香の年の差は十二歳である。美香が二十歳過ぎたときのことを考えれば不自然な年齢差ではない。

（でも、あいつ今日、人殺したしなあ）

これは言えない。

（ま、俺も十一人殺してるけどな）

小森は妙子の体をまさぐりながら、

「課長、やっと十二人殺しました。美香さんを僕にください」

と、北沢がリビングで手をついて言う姿を想像した。

10

新しい週が始まった。

北沢の働きぶりにさらに拍車がかかり、周囲を驚かせた。

「課長、北沢の奴どうしちゃったんでしょう？」

不思議そうに聞かれると、

（いやあ、初めて人を殺して、自信ついたんだろうなあ）

と、心の中で答える小森だった。

結局、北沢の働きぶりについては、

「小森課長の指導よろしきを得て」

ということで話はまとまっているようで、さらに小森の株もあがった。

「日曜に、小森課長のお宅に伺ってから、北沢は変わった」

という話も流れているようだ。小森はどうせ説明のしようがない話なのでほっておいた。

週刊誌に、小森に射殺された四人の若者のことが詳しく載った。

四人ともいわゆる「札付き」で、そのうちの一人の部屋から、ひったくりの被害に遭ったバッグなどが発見された。他の街でひったくりやオヤジ狩りを繰り返していたようで、被害者の中には植物人間にされた人もいるという。リーダーの高島の父親は、バブルの時期には地上げの追い立てを請け負っていたようで、放火も疑われている人物のようだ。

(本当に火をつけてたわけか)

ますます、殺人が正当化されていく。小森の「正義」に世間が追いついてきたように、姿の見えぬ犯人を、英雄視するような空気も読み取れるようになってきた。

北沢は、自分が初めて仕留めた口髭の男の記事を見つけては、小森に報告にきた。彼の満足感は、小森の想像も及ばないもののようだ。

小森は父親をなくした男の子のことを思ったが、北沢は、

「あんな父親に育てられたら、とんでもない人間になってますよ。息子のためにもよかったんです」

と言い切った。

警察は、三つの事件で同じ拳銃が使われたことは突き止めていた。

(アシがつくとしたら、あの銃からだろう)

と、小森は思った。

拳銃を手配してくれた坂本は信用できる。半分、闇の世界に住んでいるような男であ

る。

北沢の行動が心配だったが、一発の弾丸だけでは、何も事は起こせないだろう。

金曜日。帰りはまたしても終電になってしまった。

駅前に今日は職務質問の警官の姿はなかった。

「！」

駅前広場を横切る途中で、小森は知っている顔を見た。下田の息子だ。自転車に乗ったまま周囲を見渡すと、走り去って行った。時刻は午前一時を回っている。中学生が表にいる時間帯はとうに終わっている。

（父親を探しているな）

小森はすぐに思い当たった。

おそらく下田と北川は切れてないのだろう。植田の死で、北川を諭す者もいなくなった。

（金曜の夜か）

今頃、北川の部屋で下田は若い肉体に溺れているのではないか。

小森は、下田と北川の年齢差を計算した。

(十八歳か……北沢と美香よりも離れているな)

そう考えると、娘と北沢の関係が急に生臭いものに思えて、頭からそれを振り払った。

下田の息子は自分の担任教師と父親の関係に気づいているのだろうか？　母親が若い男に走ったことは？

(知ってるだろうな)

その日の酒はいい酒だったのに、急に気持ちが暗くなった。

北川は、当初母親たちから指導力を不安視されたように、年齢よりも幼い見かけをしていた。育ちの良さも見た目でわかる。

教室での茶話会で、母親たちの間にいると腰の線の細さが際立っていた。しかし、細いながら鞭《むち》のしなやかさが全身からにおって、男の目にはセクシーに映った。

(あれは……いいかもなあ)

下田の気持ちがわかるような気がする。

帰宅してシャワーを浴びて、そっと寝室に入ると、妙子は起きていた。

「なんだ、起きてたのか？」

今夜は遅くなることを告げてあったはずだ。

「ねえねえ、今日パソコンいじってて、面白いもの見つけちゃった」

「何？」

「投稿サイトにあった、下田さんの奥さんの写真」

「ちょ……やめろよー」

「あら、見たくない？」

妙子が意外そうに小森の顔を覗き込んだ。

「さっき、駅前で下田さんの息子見たよ」

「伸太郎《しんたろう》君？」

「ああ、そう、伸太郎だっけ。お父さん探してるんじゃないのかなあ」

「あら、そう、かわいそうね」

「おまえ、その言い方、全然同情してないだろう？」

「同情してるわよ。子供には罪はないんだし。で、どう？　見ないの？」

「……見せろよ。どれ？」

二人して、そっと寝室を抜け出し、リビングの隅においてあるパソコンまで行く。

「妙子。おまえ、昼間何してたんだよ？」

「ちゃんと家事してたわよ。金内《かねうち》さんが電話で教えてくれたの、投稿サイトの名前」

「金内って、娘がクラス委員の？」

「そう」

「ロクなもんじゃねえなあ」

パソコンの電源が入ると少しだけリビング全体が明るくなった。妙子はその投稿サイトを「お気に入り」に登録していた。

「おまえ、やめろよ。子供たちが見たらどうすんだよ」

「しー、大丈夫だって。ほら、これよ」

「……うわ……」

そこにあるプロフィールによれば下田の妻は四十一歳らしい。だが、美人の上に年齢からは信じられないプロポーションをしている。

若い愛人が自慢したくなるのもわかる。これなら、

「誘われたらどうする？」

と問われれば、男は十人が十人、

「行きます」

と答える。

その魅力的な体で様々な形で男に絡んでいる。小森は見惚《みと》れた。これなら見るのに金を出しても惜しくない。

「ウッ」

妙子がいきなり小森自身を摑んだ。

「あなた、何よこれ？」

「痛い、やめろよ」

「よその奥さん見て何これ？」

「だって、おまえ、そういうことじゃなくて……」

(俺は人を殺すが浮気はしない)

と、言おうと思ってやめた。

「もう……」

妙子は頰を膨らませて見せながら、小森に背を向けて、パジャマを下ろした。下着はつけていなくて、パソコン画面の明るさだけのリビングで、白い尻が剝き出しになった。

「部屋に戻ろうよ」

「ダメ、ここで」

「子供たちが……」

「寝てるわよ」

若い頃もこうやって妙子にリードされたことがあった。こういうシチュエーションで女の方が度胸いいのはなぜだろう？

翌朝、小森は敏宏に、気になっていることを尋ねた。

「最近、下田君はちゃんと練習に出てるか？」

朝食を摂っていた敏宏は驚いたように顔をあげた。

「どうして知ってるの？　そうなんだ。あいつ近頃変なんだよ。大会近いのに」

(やっぱり)

敏宏はチームメイトの様子に心を痛めているようだ。

「何か悩みあるのかなあ、あいつ」

敏宏は探るように父親の顔を見た。自分たちの知らないことをおとなが知っていると薄々感じているようだ。

「どうかな……いや、ゆうべ伸太郎君を見かけたもんだから」

「どこで？」

「駅前だよ」

「そう、……今日も練習に出てくればいいんだけどなあ」

小森は、子供たちがどこまで知っているのかが気になった。

世の中には、知らない方がいい事実というものがある。下田夫妻のことはあまり知られると、伸太郎の居場所がなくなるような気がする。

午後になり、悩み多きスポーツマンはバッグを抱えて練習に出かけた。

続いて小森家のプリマもレッスンに出かける。

「どうしたもんかなあ、下田さん」

二人きりになると、小森は妙子にそう話しかけた。

「確かに、このままだと伸太郎君のことが心配ね」

「すくすくとスポーツマンらしく育っていたのに、もったいないよ」

「夫婦がよりを戻すのが一番いいんだけど……無理よね」

「無理だなあ」

家庭が再び元の形を取り戻すのが理想だろうが、小森も妙子も、ゆうべ見た下田の妻の痴態が頭から離れなかった。あれを見せられたら、夫の立場からはとても元通りの感情は持てないだろう。こうなったら、あの写真が伸太郎の目に触れないように祈るばかりである。

「下田さんも、しっかりした人だと思ったのに、がっかりだわ」

妙子は下田が北川の肉体に溺れていることに憤慨している。それについては、小森には別の同情的かつ羨望も交えた意見があったが、妙子には言えない。

「自分の担任の先生と父親ができてるなんて、信じたくないよな」

駅前で見た伸太郎の姿が脳裏に浮かんだ。彼は父親の居場所を本当は知っているのではなかろうか？　知っていて、それを否定したくてあそこで父親を待っていたのではないだろうか？

「そうだ。結婚しちゃえばいいのよ」

「は？　何？」

時々、妙子の思考は「飛ぶ」ことがあった。若い頃からそうで、こういうときはじっくり説明を聞くしかない。

「北川先生独身なんだから、下田さんはちゃんと離婚して、北川先生と再婚すればいいのよ」

妙子の飛び方は、時々こうしていいところに着地する。

「そうだな。親と先生ができてるなんていやな話だけど、結婚となりゃめでたいわな」

「でしょう？」

「だけど、あれだよね。北川先生、誰とでも寝ちゃうんだよね？　それはどうなの？」

四十二歳で、そんな爆弾抱えた嫁さんをもらうのも難儀な話だろう。

「大丈夫。ちゃんと結婚すれば落ち着くって、桜子《さくらこ》ちゃん」

「何？　北川桜子ちゃんなの？　あの先生」

「そう」

「大丈夫かなあ、桜子ちゃん」

「大丈夫だって、……あっ！」

妙子は重大な問題を思い出したようだ。

「何？」

「望月先生がいたわ」

「切れてないのか？」

「わかんない」

小森は、植田の次にスプラッターオタク野郎の望月を殺す予定であったのを思い出した。

（予定通り望月を殺すか？）

そう思ったとき、殺人の手段を北沢に渡してしまったことに気がついた。


北沢から拳銃を取り戻すのはしばらく考えないようにした。なんといっても三つの殺人事件、計十一人を殺した凶器だ。手元に置いておくわけにはいかない。

世間では三つ目の殺人だけが異質だと思われていた。先の二つの事件には「正義」とか「天誅」のにおいがあるのに、日曜の午後の、子供を連れてドライブしていた父親が殺された事件にはそれがない。

世間はそう見ている。

凶器は同じで犯人は違うのではないかという推理をしたニュースキャスターがいた。

(するどいな。だけど惜しいな)

確かに最後の事件だけは北沢の手によるものだが、三つの、正確にはロバ女を殺した事件も入れて、四つの事件には共通する「正義」がある。

おそらくそれは、小森が捕まるか、自分から名乗り出ない限りは理解されないだろう。

平穏な一週間が過ぎた。

日曜の朝。

小森はニュースで、昨夜、暴走族五人が射殺された事件を知った。

事件の場所を聞いたときは、一瞬ドキリとした。北沢の家の近くだったからだ。

だが、次に射殺された人数を聞いてホッとした。弾丸は一発しか残ってないはずだ。

月曜になり、会社で北沢の顔を見て、小森は自分が間違っていたことを知った。北沢は今までにない自信に満ちた顔をしていた。二人きりになるのを待って小森は尋ねた。

「土曜の事件はおまえだな？」

北沢は黙って頷き、自分の「正義」を語り始めそうだったが、その前に小森は疑問をぶつけた。

「弾丸はどうした？」

「手に入れました」

「何発？」

「百二十発です」

北沢は平然と答えた。

（こいつ戦争始める気だ）

だが、北沢の目を見るといまだに自分が優位に立っているのがわかった。北沢の中にニホンザルの群れの中の順位に似たものが存在して、なぜだか小森はまだ上位にいるようなのだ。

（そうか。俺は十一人殺してるが、こいつはまだ六人だな。それに元々拳銃は俺のものだ）

北沢の中の序列の根拠を推理して、小森は落ち着いた。とにかく北沢とは一蓮托生だし、その上どうやらこちらが操れる状況にあるらしい。

あとは、北沢を小森の「正義」に同調させることだ。暴走されたら大変なことになる。

小森は若い頃、中央線の電車の中で目撃した事件を思い出した。

あれは休日の昼間だったのだろうか。とにかく電車に小学生が乗っていたのは確かだ。

車内は混んでいるというほどでもないが、座席は全部埋まり、多くの乗客が立っていた。

荻窪あたりだったと思うが、ワンカップの清酒を飲みながら小柄な中年男性が乗り込んできた。

今思えば、手にした酒と、みすぼらしい服装が、男の印象に大きなマイナス点を与えていた。

母親と小学校三年生ぐらいの男の子が、七人がけの席に通路を挟んで向かい合って座っていた。子供が座っているから席には微妙な隙間があった。詰めればもう一人座れるかどうかの。

その男はそんなに酔っている風には見えなかった。男の子の横を指差して、少し詰めてほしいというジェスチャーをした。そのとき少年の体に手が触れたのかもしれない。過敏な反応をして、少年は母親の方に駆け寄った。

座ろうとした男は少年の手を摑み、一緒に座れるからとでも言うように引っ張った。それが少し乱暴に見えたのは確かだ。

それを見ていた学生風の若い男が突然怒鳴りつけた。

「おじさん、何をやってるんだ。子供の座席を取って。いいおとなが恥を知りなさい」

酒のカップを両手に持って男は小さくなった。

若い男は饒舌で、滔々《とうとう》と歌うように罵倒し続けた。

(自分の正義に酔ってやがる)

そう感じたのは小森だけではないはずだ。

(それにおまえは何を見ているのだ)

小森はその学生の観察能力のなさを心の中で罵った。

小さくなっている中年の男は乗車してから一言も発してなかった。

明らかに聾唖《ろうあ》者だった。

(このおじさんはいい人だ)

最初から見ていればわかる。少年へのジェスチャーは、

「ボク、ちょっと詰めておじさんも座らせてくれるかい?」

であり、その次は、

「いいんだよ、ボク。どかなくていいんだ。おじさんと一緒に座ろう」

というものだった。

愚かな正義感野郎は、すべて見ながら、すべてを見落としている。

小森もまだ若かったが、おじさんのこれまでの人生での苦労を思った。こんな風に、言葉を持たないために悔しい思いを何度もしたのではなかろうか?

優しさを伝えられず。

反論もできず。

学生はなおも大声で怒鳴り続けていた。こいつの行動はいまだに意味がわからない。

（こんな奴に言葉なんか与えるもんじゃないな。うるさいだけだ）

当の親子もそう感じているように見えたが、学生はそれさえ気づかずにいた。

小森はあえて、この学生を黙らそうとはしなかった。

（軽蔑されてろ。馬鹿野郎）

座ったまま小さくなったおじさんは、悲しそうに床を見ていた。

（よかったな、おじさん。あの馬鹿声が聞こえなくて）

小森は心の中でおじさんにエールを送った。


あの体験から、小森は善意とか正義の危うさを知っているつもりだ。

（俺は、そこんところわかってて、ブチ殺してるんだが、北沢は大丈夫か？）

どうも心もとない。まあ、今回の暴走族の件はずっと腹に据えかねていたのだろう。

だが、どうだろう？　殺された五人は、あのロバ女ほどに周囲に悪意を振り撒いていたかどうか。もしかしたら、会って話せば、考え方はまだ甘いにしても更生の見込みのある少年たちだったかもしれない。

ここは北沢との関係を密にして、小森がリードしていく必要がありそうだ。

（それに北沢に殺してもらえば効率いいかもな）

望月の奴など、全然接点のない北沢が殺った方が安全かもしれない。

11

どういうものか小森も北沢も、周囲から見るとかっこよくなったらしい。急にモテ始めた。

小森自身は、

（人は殺すが浮気はしない）

という密かな主義があるので、モテたところで生活の変化はない。

独身の北沢はかなり生活に変化があったようだ。

確かに小森の目から見ても、北沢には落ち着きというか凄みというか、若さに似合わぬものが感じられる。女性にモテるのもわかる気がする。

結局、北沢は及川静枝とできてしまったようだ。それはおかしいくらいにわかりやすかった。

最初は北沢を嫌い、一緒に仕事するのも迷惑がっていた静枝だったが、北沢がモテ始めるとすぐに、いわゆる「告《こく》った」らしい。

それまでは、年齢は下だが先輩にあたる静枝に気を遣った口のきき方をしていた北沢だったが、急に態度が大きくなった。それを受け入れている静枝の様子も合わせて見ると、周囲に二人の関係はバレバレだった。

それがすぐに逆転し、今度は北沢がまた静枝に気を遣い始め、静枝が自信に満ちた態度を示し始めた。

肉体関係ができたのだ。

これも周囲にはすぐ知れた。その上、

(普通は逆じゃないか？　男が追いかけていたのが、肉体関係ができると女が追いかけ始めるだろう)

という疑問から、北沢が童貞だったのではないかという推測が出てきた。

これも正解だった。

小森の耳にした噂によると、静枝は結構男性経験が豊富だったらしい。

これは、本人にもちょっと確かめてみた。すると、

「私、悪かったですからー」

悪びれずに白状した。

つまり年下だが経験豊富な静枝に、童貞だった北沢がどっぷりはまっているということだ。

小森にしてみれば、美香と北沢のことで気を揉まなくてすむので、この状態は嬉しい。

（しかし、ベッドで女にリードされるのもみっともないな）

静枝の言いなりになっている北沢を想像すると小森はおかしくなった。

（まあ、セックスの体験もないうちに、六人殺したというのもすごい話だが）

それからは、たびたび静枝に北沢とのセックスを白状させた。

「課長、いやらしい」

とか言いながら、静枝は結構露骨に話してくれた。

北沢をずっと操作し続けるにはどんな情報でも握っておく必要があると思う小森だった。


遅く帰り、子供たちも寝てしまっている時刻に湯船の中でノビをしながら、小森は声を出さずに笑った。今日、静枝から仕入れた北沢のベッドでの行動がおかしかったのだ。

（人殺す力を持ってる奴が女に牛耳られたんじゃあなあ）

風呂からあがって、冷たいものがほしくなり、腰にタオルを巻いた姿でキッチンに通じるリビングに入ると、妙子がいた。パソコンの前にいる。

「今頃、何してるんだ？　……あっ」

妙子は例の投稿サイトを開いていた。

「またこんなもの見てるのか？」

「あら、あなただって見たいくせに」

「何言って……あれ、これ？」

画面には見覚えのある女の裸体がいっぱいに広がっていた。

「ほら、あなたの好きな下田さんの奥さんの新しい写真」

「え？　まだ投稿してるのか？」

「一、二週間に一度は新しいのを投稿してるみたいよ。人気あるみたいね、彼女」

高校生の小森だったら鼻血を出してぶっ倒れそうな露骨な写真である。

「そ、……シリーズ化されてるわけね。ふーん」

妙子は小森の目を覗き込むようにした。

「どう？　興奮するでしょう？」

「え？　……ひどいなあ、この奥さん、旦那も息子も傷つけてなあ、特に息子なんて
……や、やめろよ」

「何、これは？　どういうこと？」

「だから、やめろって」

腰のタオルを取られると全裸になってしまう。

「おい、ベッドに行こうよ」

「ダメ」

このところ、リビングのソファが妙子のお気に入りのようだ。

(ちくしょう、俺、十一人殺してるんだけどなあ)

北沢のことは笑えないと思う小森だった。

12

人を殺す体験を経ても、小森の生活に表向き変化はない。だが、内面は大きく変わった。

まず気持ちに余裕ができた。決してイライラすることはない。

(殺してしまえばいいからな)

誰に対しても、いつも優位に立っているという思いがある。相手の態度を採点するのはあくまで小森の方なのだ。

殺人の手段である拳銃を北沢に託しても、その気分は変わらなかった。

例えば、混み合った電車の中で、だらしなく床に腰を下ろしている若者がいると、小森は正面からじっと見た。

(親の顔が見たいもんだ……。殺すか?)

目が合うと若者の中には、黙って目をそらさない小森を気味悪がって、不貞腐れたようにそっぽを向いたり、バツの悪そうにしてしぶしぶ立ちあがるかした。中には、まるで小森の中の殺意が見えているかのように、怯《おび》えた目で会釈する者もいた。

「なんだよ」

と、ガンをつけたと言うように口を歪める者もいたが、

そんなとき一緒にいて、

「小森さん、あまり関わり合いにならない方がいいですよ。今の若い奴は何するかわかりませんから」

そう忠告する同僚がいた。

何するかわからないのは、小森の方だ。

人々がヤクザを恐れるのは、常識人と違って、ヤクザが刑務所に入ることを恐れてないからだ。

人を殴って傷害に問われ、刑務所に入るのは嫌だ。それが平気なヤクザは人を殴れる。

小森はその上を行っていた。正義のために人を殺せた。自分が捕まればおそらく極刑を免れないことはわかっている。その上で確信を持って「処刑」すべき相手を求めていた。

小森が不安なのは北沢の暴走だ。

小森が、世間の尺度で言えば、

「常識ある狂人」

であるのに対し、北沢は元々常識に欠けるところがあった。甘やかされて育ったお坊ちゃまである。

小森は、常識の壁を乗り越えるまでに、それなりの社会的経験を積んできているが、それに比べれば、北沢はまだまだ未熟な新社会人だ。

小森は日頃から北沢との対話を絶やさないようにした。北沢が何に憤っているか、何をもって「正義」と考えているか、常にチェックしていた。

北沢が殺した五人の暴走族についての報道には、二つの流れがあった。迷惑していた住民の声と、失われた若い命を惜しむ声とである。

毎週末の暴走族の騒音に迷惑していた人々も、報道陣の向けるマイクの前では自主規制をしているようで、手放しで痛快がりはしなかった。しかし、インターネット上では、

「ほんとはこいつを殺さなきゃ」

と、暴走族グループの幹部の名前と写真が公開された。

これは効いたらしい。

暴走行為を繰り返していた若者も、顔の見えない殺人者に、一方的に自分の存在を知られることは不気味だったのだろう。

北沢の住む街は、土曜の夜の静けさを取り戻した。

北沢自身は大満足である。名乗り出るわけにもいかないが、多くの人々の悩みを解消した功労者なのだ。

小森は、報道番組で流された殺された若者の一人の祖母の言葉が気になっていた。

「悪い子じゃなかったです、本当は……。ばあちゃん、ばあちゃんって、いつも気にしてくれてねえ」

プライバシー保護のために修正されている声は、泣いていた。

その孫は、両親の離婚で幼い頃から苦労したらしい。中学校を卒業してすぐに働き始めて、最初の給料で祖母に財布を贈ったという。

小森が想像するに、高校に進学した小学校や中学校からの友だちと疎遠になり、身近にいた暴走族のメンバーに交流を求めたのではないだろうか。

「ばあさん思いの、いい孫だったみたいだな」

小森がそう話をふっても、

「そんなことだけで同情しちゃダメです」

北沢は動揺を見せない。毎週、暴走族の撒き散らす騒音に頭を痛めていた分、憤りの方が強いのだろう。

小森としては、自分がその騒音の被害に遭ってないので、北沢に対してそれ以上の言葉を返せなかった。

それにしても、よほど周到に計画したのか、北沢は誰にも目撃されずに五人を射殺していた。

「後ろの方を走っている奴から順に殺りました」

そう北沢は言ったが、詳しい様子までは小森も聞こうとしなかった。この件については無関係でいようと思ったのだ。

(俺は何も知らない方がいい)

ずるいとは思わない。自分のやったことには責任を持つつもりだが、この事件に関しては、北沢に指示を出したわけではないのだ。

13

敏宏が目の周りを青くさせて帰ってきた。

「練習中に肘を当てられた」

妙子にはそう報告したようだが、妙子は直感的にケンカと判断して、小森にはそう伝えた。

「伸太郎だな」

これも直感的に小森は思い、妙子にそう言った。

「あなたもそう思う？　……たぶんそうね」

具体的ないきさつはわからないが、仲のよかった二人なら、それだけ感情的な行き違いから発作的に手の出る可能性も高いだろう。

その日の小森の帰宅時間は、敏宏の就寝時刻を過ぎていた。翌朝でないと様子は見られない。

「ひどいのか？」

「そんなでもないと思うけど、氷で冷やしたわ」

医者に診てもらうほどでもないらしい。

夫婦の寝室に珍しく重たい空気が満ち、しばらく沈黙が支配した。

お互いの考えていることはわかっている。共通の感情を二人は抱えていた。

一つは下田の息子、伸太郎に対する同情である。

今の下田家の不幸な状況は、子供にはなんの責任もない。少年が世をすねるには、十分過ぎる理由だろう。

おとなからのアドバイスとしては、もう少しの辛抱ですべて好転していくよ、というところだが、おとなにとってはわずかな時間でも、思春期の少年に耐え切れる長さかどうか。同じ一年でも、おとなの一年とは重みが違う。

仲太郎の立場になって考えると、耐えろとは簡単に言えない気がする。

夫婦で共有するもう一つの感情は、後ろめたさである。

実は、同情よりもこちらの方が大きい。

二人は、インターネットの投稿サイトで見る仲太郎の母親の痴態を、夫婦生活のスパイスにしていた。それは誰にも知られることのない、夫婦の秘め事である。その自分たちの味わう快感が、仲太郎少年を犠牲にしたもののように思えるのだ。

「母」であることを放棄し、「女」の悦びを追った下田の妻に対して、小森は悪い感情だけを持っているわけではない。

人生で行き当たるいくつかの岐路で、すべて後悔のない選択をすることは不可能に近い。それがないと言い切れる人は、どこか目をつぶっている面があるのではないか。

下田の妻は、同じ目をつぶるにしても、過去を振り返るときではなく、岐路に立って選択を迫られたときに強く目をつぶり、そして飛んだ。

目を開けていたら、一人息子の存在は大き過ぎただろう。飛ぶ前に足がすくんだに違いない。

同性である妙子は、小森と違いそこのところが許せない。自らが腹を痛めた子供の存在は、目をつぶっただけで見えなくなるものではない。母親の立場から見て、下田の妻の行動は信じられない行動だ。

夫婦共に認識しているのは、下田の妻の今味わっている快楽が並外れていることだ。パソコンのモニターに浮かぶその姿は、忘我の境地を全身で表していた。

(怖いほどの快感)

を、妙子は画面の中に見ていた。それは自分には足を踏み入れられない、魔性の世界に思えた。その世界を覗き見た興奮を夫と分かち合うだけで十分だ。

二人は定期的に「魔性の世界」を覗き見ていた。小森は下田の妻とは会ったことはないが、毎回艶《なま》めかしいその姿態を眺めるうちに、古い知人であるような錯覚さえ覚えていた。

二人は下田の妻のことを「彼女」と呼ぶようになった。このところ「彼女」とその愛人が求める快楽はエスカレートぶりが凄まじい。

パソコンの画面の中で、「彼女」は縛られ、剃毛された女性の部分を無修正のまま晒し、すべての穴を犯され、排泄姿までも披露した。

その表情には、頭の芯が白くなるほどの快感が浮かんでいる。快楽が突き抜けると死の淵を覗き込むところまでいくのだろう。

妙子に迫る（怖いほどの快感）とは、つまりここからきている。

「彼女」が、伸太郎の母親の座に戻るとは到底思えなかった。

ということは、伸太郎自身の問題が解決されることは当面ないだろう。今は誰もあの少年を救えない。

「明日の朝、敏宏と話す時間ある？」

妙子は、男同士の対話に期待している。

「どうだろう……敏宏も朝は急ぐだろ？」

小森は息子にどうアプローチしていいのか迷っていた。

もしかしたら、男同士で殴りあったことで、解決された感情もあるかもしれない。蒸し返すだけの余計な真似はしたくない。

伸太郎の暴力を一方的に責める気は、小森にも妙子にもない。おそらく、殴られた当人である敏宏もそうだろう。伸太郎が何かに悩み、苦しんでいることを敏宏は察している。だが、友だちの力になれないことも感じていて、そのもどかしさの中にいる。

敏宏の望みはささやかなものだ。伸太郎と、以前のように屈託なくバスケットに熱中していたいのだ。

小森は以前観戦した練習試合での、二人の活躍を思い出した。一たす一が、単純に二にはならないところが、チームスポーツの醍醐味だろう。敏宏と伸太郎の二人は、チームの中で見事に機能していた。敏宏が時折見せていた、大胆ともいえる躊躇ないプレイは、伸太郎を信頼しているからこそできるものだろう。

敏宏が失ったものは、まさしく金では買えないものだ。

小森は切なくなった。

子供たちは何も悪くないのに。

では誰が悪いのだろう。誰かを処刑すべきなのか。

まず伸太郎の父親である下田だが、彼の責任を問うのは酷である。

今でも小森の心の中で、若き日の下田の姿はまばゆいばかりの光を放っている。

「あんたなんか若いうちだけじゃない」

と言い放った下田の妻は、わかっていないないと思う。

若いうちだけの輝きだからこそ素晴らしいのだ。すべての少年は、自分がその輝きを持つことを目指す。そして選ばれたほんの一握りの者がその栄光を手にする。その輝きはあせることはない。

下田はその限られた者の一人なのだ。競技者としてのピークが過ぎたあと、仕事のフィールドでも同じ輝きを示せ、というのは無理な注文だ。

問題の妻だが、これも先に言ったように、死の淵に身を乗り出すような行為を繰り返しているが、それだけ本人がリスクを背負って生きることを選んだのだ。誰ももう一歩踏み込んで彼女を糾弾しないのは、そんな彼女に対する羨望が心の隅にあるからだ。

彼女からその言葉を聞いたわけではないが、その生き方からは、

「人生は一度きり」

という主張が聞こえて来る。

子供に対する無責任ぶりは、本人も自覚しているだろう。もしかしたら、罪の意識に苦しんでいるかもしれない。

それでは、下田から妻を、伸太郎から母を、奪っていった男は処刑に値するか。

下田の妻の愛人については、年下の男という以外何の情報もない。どういう職業を持ち、彼女とどこで知り合ったのか。

だが彼についても、誰もが、特に男なら、その気持ちは理解できた。

小森は思う。これは口が裂けても妙子には聞かせられないが、若い体力に満ちてセックスに貪欲な時期に、あの女体に出会ったら……おそらく、自分も理性を失ったのではなかろうか。

下田の妻はそれほど魅力的だった。年齢よりずっと若く見える美しい肉体は、しかし、中身は未開発な青いそれではない。十分に熟れているのだ。

若い愛人にとって、どんな形で責めても悩ましい歓喜の声をあげてくれる美人の存在は、すべてを投げ打つ価値があるだろう。

このカップルは、破滅に向かっている危うさを感じさせる。当人たちも明日のことより、目の前の快楽をあえて求めているのだ。

初めて投稿サイトの彼らの痴態を、妙子に見せられたとき、

「どうだ！」

という叫びを小森は聞いた。

世間の良識に従って言えば、彼らは、「羞恥心《しゅうちしん》を失った、ケダモノのような変態」かもしれない。だが、小森には彼らの姿の向こうに、自分にない「勇気」が見え隠れするのだ。

これでは誰も処刑できない。

小森には判決を下せない。

処刑するとすれば、伸太郎にいたたまれない思いをさせてしまう「世間」そのものだろう。

14

翌朝、食事をしながら当たり障りのない会話を敏宏と交わして、小森は家を出た。

通勤電車の中で、以前のように心を「浮かす」小森ではない。なんというか、西部の町を守る「保安官」の気分だ。処刑すべき人間はいないか、常に周囲に目を配った。

会社のタイムカードを手にした瞬間、「保安官」からビジネスマンにスイッチが切り替わる。

仕事中は北沢が、処刑リストに載せる候補者を報告に来ることがしばしばだった。

ここのところの北沢の一押しは、大手の広告代理店の男だった。

「自分は何も生産的なことしてないくせに、何かと口だけ出してくる野郎らしいです」

北沢は憤っているが、小森と北沢のいる部署は、広告代理店との接点はない。つまり又聞きで北沢は憤っているのである。

(ほんと珍しい男だよ。又聞きじゃあ人は殺せんだろう)

広告代理店の話は、同窓生の大高からも聞いたことがある。

大高は演出家の立場で、広告代理店の人間と接することがあるのだ。

「まあ、そんな大がかりなドラマじゃなかったんだけど、全関係者が集まった席で、代理店の奴が、『シノプシスを見せてくれ』って言い出してさ。シノプシスってのは、まあ粗筋だな。脚本家はもう脚本書いてたんだよ。怒ったよその脚本家。そうだろ？　だって家が建ってるのに、模型を見せてくれって言ってるようなもんだぜ。要はさ、自分の存在価値を示したかったんじゃないかな。広告代理店の存在意味は、時々すごく曖昧になることがあるからさ。そのときはまさにそうだったな。スポンサーと制作会社、それに作家と演出家までいたわけだから。代理店を飛び越えて話は進めようと思えば進められたさ。それで、まるで俺たちよりもドラマのことがわかってるような顔したんだな、その馬鹿は。まあ、スポンサーサイドの本当の素人の目はそれで誤魔化せたかもしれんなあ。でもさ、見苦しいとは思わないか？　プロに任せて引っ込んでるのが、おとなの態度ってもんだろう」

大高は、広告代理店には何度も嫌な思いをしたらしく、そのときはしきりに悪口を繰り返していた。

大高のようなフリーの演出家にとって、さらに許せないのは、そんないい加減な広告代理店の社員が、考えられないほどの高給を得ていることのようだ。

それは北沢も指摘した。

「その馬鹿野郎が、年収一千万を超えるらしいんですよ……。殺ってもいいでしょう？」

どうやら、何が何でも殺してしまいたいらしい。確かに小森の言う、

「少しずつ不幸を撒き散らす奴」

という意味では、処刑リストに載せてもいいかもしれない。

「でもなあ、いい給料もらってるからってのは、殺す理由にはしにくいよなあ。どうだ北沢、説得力ないだろ?」

「それはそうですけど……」

これまでの殺人にしても、殺した理由を公表しているわけではない。だが、殺す側に確固とした理由がなければいけない、と北沢も考えているようだ。

北沢はこの件ではそれ以上の主張はしなかった。

「辻を殺らせてください」

北沢は、何かと問題を起こす社員の辻を再度候補にあげた。

確かに辻は変な奴だ。

実際小森も辻の被害に遭っているし、

「こいつは、医者に診せたら病名がつくんじゃないか?」

と思ったこともある。

小森が辻を変だと思うのは、自分の得にならない陰謀を図るからだ。

小森が被害に遭ったときは、突然辻から、

「小森課長、磯村《いそむら》部長のやり方をどう思います? 納得いかないんですよね、俺」

と切り出された。

小森のような中間管理職としては、部下の不満の芽を早めに摘んでおくことも仕事のうちである。このときは、辻の不満を聞くだけ聞いてやろうと思った。

小森の印象では、辻は磯村部長の性格を曲げて捉えているようだった。

小森自身にとっては、磯村部長は悪い上司ではない。バイタリティがあって、ものの言い方も明確だ。あやふやな言い方は避けてくれるから、指示も受けやすかった。

そんな竹を割ったような性格の磯村部長の、歯に衣着せぬ言い方を辻は非難した。聞いている小森は不思議に思っていた。

「いいじゃないか？　ダメなものをダメと言ってもらった方が、変に気をまわさなくてすむだろう？」

それが小森の本音だった。

持って回った言い方や、オブラートに包んだ言い方は、効率が悪いと思う。

「いいえ、あの部長は自分の立場しか考えていませんよ」

辻は口を極めて、磯村部長を罵《ののし》った。

小森はさすがにたしなめようとしたが、ここは本音を全部吐き出させるのもいいだろう、と考え直した。

明らかに辻の人物評は歪んでいる。ここはその原因を探るべき、と思ったのだ。

辻は饒舌《じょうぜつ》になった。

「あの人が興味あるのは金だけです」「部下のことは、自分の道具ぐらいにしか思ってません」

どうしてそう思うのかは言わず、辻はひたすら磯村部長を罵り続けた。

小森は少し怖くなっていた。自分の何気ない一言で、こんな風に部下から評価される可能性もあるのか。

小森の知る磯村部長は、陽気というのか、豪気というのか、とにかく男らしくて明るい。同じ人物をどうしたら、こんな風に陰気で狡猾な人間と捉えられるのだろう。

小森は、聞くだけ聞いた。具体的に何かコメントした覚えはない。

辻が話すだけ話して、ストレスを発散するなら、それはそれでいいとも考えていたのだ。

ところが、この腐った男は、磯村部長に、

「小森課長が、部長のことを自分の立場しか考えていないと言ってました。部長が興味あるのは金のことだけで、部下のことを自分の道具ぐらいにしか思ってないそうです」

と話したのだ。

最初、磯村部長がこれを鵜呑《うの》みにしたのは仕方ないと思う。こんな真似をする男がいようとは、とても信じられない。

小森もあとで事の真相を知ったとき、しばらく信じられなかった。ここまでの嘘を吐く男がいるとは。

真相が明らかになってからも、磯村部長の誤解を解くのは大変だった。磯村部長の気持ちは小森にもわかる。

「作り話にしても、小森も少しは近いことを言ったんだろう」

と思うのが普通の人間だ。

辻の言動は常識をはるかにはずれている。自分が言った悪口を、そのまま小森が言ったことにする厚かましさは、普通ではない。

最終的に磯村部長の誤解を解くことはできた。小森が発端から丹念に説明していくと納得してくれたのだ。

辻については、

「変な男だ」

と言うだけである。仕事上の実害はなかったわけだから、会社として処分を考えるということもない。

周囲の方が憤ったが、小森には自分なりの回答があった。

辻に対してどうするか？

「軽蔑する」

それで十分というものだ。

これは小森が、敏宏と美香を教育していく上で得た一つの結論だった。例えば、ゴミをその辺に捨ててはいけないことを教えた直後に、子供たちがゴミを道に捨てるおとなを目撃したとする。

「お父さん、あのおじさん、ゴミを捨てたよ。あれはいいの？」

子供にすれば当然の疑問だろう。

「いや、あれはいけないことだ」

そう父親が答えても、そのおとなを咎める者はいないし、神様もバチを当てない。勧善懲悪を目撃することの方が難しい世の中だ。

考えた末、そんなときの答えを小森は用意することができた。

「あんなことをしても誰も怒らないし、罰を与える人もいない。だけど、軽蔑されるんだ。お父さんは、お前たちに人に軽蔑される人間になってほしくない」

「軽蔑」も「尊敬」と一緒に教えるべきなのだ。

モラルとマナーの意味がわかっている人は尊敬され、それがわからない者は軽蔑されるのだ。

自分が子供たちのために用意した回答を、小森は自分に与えた。

磯村部長も同じ考えのようだ。

確かに、

(何のつもりだったんだろう)

という疑問は残る。

辻の嘘には何の目的もないように思える。だからこそ、当初磯村部長も、

「男がそんな得にもならない嘘を吐くわけないだろう」

と、すぐには小森の潔白を信じようとしなかったのだ。

辻は小太りで色白ののっぺりした感じの男だ。爽やかな印象は全然ない。仕事もできず、身のこなしも重い。しゃべり方も、腹に力を込めたハキハキしたものではなく、優しいというより、気の抜けたようなものだ。

正体が知れると、辻のすべてが周囲に嫌悪された。女子社員の嫌い方など、まるでネズミやゴキブリに対するもののようだ。

社内の女性に総スカンされているためかどうか、辻は取引先の受付の女の子を誘い、つきあい始めた。それがまた、女子社員の不興を買う。

「この前、接待の席で辻の携帯が鳴りましてね。あの野郎、それに出たんですよ。信じられます？　それがまた、彼女かなんか知らないですけどね、『愛してるよ』かなんか言って。あいつほんまもんのバカですよ、バカ」

これは、北沢でなく、辻と同期の社員が、社内で触れ回っていた。あまりのことにキ

れたらしい。

小森は辻を、精神科の医者に診せるべきだと思っているが、北沢は処刑する気でいるのだ。

「殺らせてくれ」

と言ってきたのは初めてではないが、今回はすぐにでも実行したがっているようだ。

今度も小森が説得すれば、北沢はそれを無視して殺すようなことはしないだろうが、このままではいずれ殺ることになるだろう。

実際、小森の「小さな不幸の積み重ね」論でいえば、辻はほぼ全社員とも思える人々に不快な思いをさせている。

小森も被害者の一人なのだ。辻を殺すことが正義であることを、否定し続ける自信はなかった。

だが、同じ会社に勤める者を殺すのはリスクが大き過ぎる。辻が死体になった瞬間に、北沢も小森も容疑者とはいえなくても、事情の一つも聞かれるに違いない。

小森は策を練った。北沢に辻を殺させずに済む方法。

「辻を解雇する」

結論はこれだ。

心ならずも、辻の命を救うために一肌脱ぐ形になるが、あんなバカを殺して捕まるよ

りました。

この次何か辻がしでかしたら、すぐに磯村部長に相談しよう。できれば、大きな問題を起こしてほしいものだ。

15

翌週の月曜の朝、仕事場に現れた北沢は、金曜の夜に別れたときの北沢ではなかった。何かすっきりと脂の抜けた感じがしていた。

(辻を殺ったな)

小森はすぐに確かめたかったが、人目があってなかなか北沢に直接聞けなかった。

小森はあせった。早く確かめて、対応策を練りたかった。午後にも会社に警察が乗り込んできそうに思えた。

イライラし始めた小森はトイレに行くために廊下に出た。

(!)

心臓が止まるかと思った。

真昼の幽霊がいた。辻が目の前を、いつもの含み笑いをしているような中途半端な表情で通り過ぎて行った。

（幽霊じゃない。奴は死んでなかったってことだ）

冷静に小森は思い直した。

それでは、北沢が殺人を犯したと思ったのも早合点か？　違う。それは正しい。確かに北沢はこの二日の間に、誰かを殺している。

昼休みになった。

小森は北沢を食事に誘って話を聞こうと思い、北沢の姿を探した。すると、今では誰もが北沢の彼女と認める静枝が北沢が立ちあがるのをデスクの横で待っているところだった。

北沢に声をかけた小森は、振り返った北沢と静枝の目を見た。

その瞬間、小森は事態が次の展開に突入したことを悟った。

静枝は、北沢の殺人に加担している。


静枝を交えて、北沢の話を聞いた。

「ええ、一昨日殺りました」

「何人？」

「二人です」

北沢の殺した数は、これで八人になった。一昨日？　それにしては昨日も今日も、テレビも新聞もそのことに触れてない。

「まだ気づかれてないんですよ」

小森の疑問を先回りするようにして静枝が答えた。

「現場はどこなんだ？」

死体を運ぶような手間を、この二人だけでこなせるはずがない。

「高速道路のパーキングエリアなんですが。死体はそのままのはずです」

北沢が、飯を口に入れながら答えた。何も知らない者が見たら、昨日のプロ野球の結果を話しているように思ったろう。

少し整理して聞かないと、話が見えてこない。まず誰を殺したのか聞かせてもらおう。その動機も。

小森はそう思って、まず北沢の「正義」の弁を聞いた。

「高速を走ってたら、何か変な走行をするトラックがいたんです。追い越しながら運転席を見たら、運転手が漫画を読みながら運転してました。高速道路でですよ。街中の渋滞している交差点で、信号待ちの間に読んでるなら、青になっても進まなくて、後ろの車がクラクションを鳴らしておしまいですよ。でも高速運転中に漫画読んでて、追突事故でも起こしたら、結果は重大です。トラックに後ろから突っ込まれたら、普通乗用車だと死にますよ。そんな無責任な奴に殺されたら、死ぬに死に切れませんよ。そうでしょう？」

ここまではわかった。それでその運転手を殺したわけか。

「そんな運転手は一人や二人じゃなかったんです。本当に異常ですよ。プロのドライバーがそうなんですから。だからそういう運転手の車を見つけては、あとについてパーキングエリアやサービスエリアに入りました。そして注意したんです。『危ないんじゃないですか』って」

一人の運転手は恐縮して謝ったという。もう一人、携帯でメールを打ちながら走っていた運転手も、

「いや、すぐに返信したかったのに、パーキングエリアまで結構距離があったもんですから……」

と言い訳したが、結局自分の非を認めたらしい。

だが、居直った運転手が二人いた。中の一人は背中の刺青《いれずみ》を見せて凄んだらしい。チャカも持っていたかもしれない。

運転席の窓を開けた状態で、北沢は二人とも処刑したようだ。おそらく今も、彼らは座席に横たわっている。トラックの運転席は高い。下から見あげたのでは、中の死体は目に入らないのだろう。

「そうすると、どこかのパーキングエリアかサービスエリアに、今も死体の乗ったトラックがあるわけだな？」

北沢と静枝は黙って頷いた。

土曜日の犯行が、月曜日になっても発覚していないということは、目撃者がいないということだ。「処刑」はいちおう成功したと言えるだろう。

今回の北沢の「正義」は、小森にも納得できるものだった。小森も高速道路を走行中に、そんなドライバーを見かけたことがある。妙にゆっくり走るタンクローリーがいて、追い抜くときにちらっと見たら、運転手はハンドルの上に広げた漫画雑誌を読んでいた。そのときは妙子の実家に行く途中で、一家四人が乗っていた。小森は加速して、そのタンクローリーから少しでも早く離れようとした。こんな奴に大事な家族を殺されたのでは話にならない。

小森は何が何でも規則を守るべきとは考えていない。

大して邪魔にならないのに、駐停車禁止の場所に止めてある車を見つけると、警察に電話でご注進に及ぶ人がいるが、いき過ぎだと思う。警察も忙しいだろうから、かえって迷惑だろう。

「違法駐車の車が邪魔で、自分の車が出せない」

というなら話はわかるが、無関係な車に対してそうするのは理解に苦しむ。

スピード違反にしても、時速30キロで危険な場合もあれば、時速100キロでも安全な場合もある。規則だからといって、一律に取り締まることに意味はないように思える。

以前小森は、時速50キロで都内の環状七号線を走っていて、後ろにいたパトカーに捕まったことがあった。環七は制限速度が40キロなのである。

さすがにこのときは、違反は違反と思っても腹の虫が収まらなかった。現実に環七を時速40キロで走り続けたら、大渋滞が起こるか、事故になるだろう。まわりの顰蹙《ひんしゅく》を買うことは間違いない。

こんな体験もあって、他人の交通違反には寛大な気持ちでいた。小森自身は警察官でもないわけだし。

だが、高速道路で漫画を読んだりメールしたりしながらの運転は許せない。

第一、自動車の運転を舐めている。

そんな奴は一発で免許を取り消すべきである。被害者が出るのを未然に防ぐ意味でもそうすべきだ。

つまり今回の北沢の「処刑」は正しい。

小森は安堵した。捕まる可能性が高くないことにではなく、小森の「正義」がそこにあることにである。

話を聞き終わって、直接自分が手を下していないにもかかわらず、小森は最初の殺人のときに感じた爽快感に似たものを感じていた。

小森の顔に自分でも意識しない表情の変化があったのか、並んで小森と向かい合っている若い二人がほっとしたような息を吐いた。

小森はそこに意外なものを見つけて当惑した。それは北沢と静枝の表情の中にあった。

「教祖を見る目」である。


北沢はこれでしばらく満足しているだろう。

小森自身もそうだった。あれほど心配していた北沢の暴走だが、意外なことに、北沢の「処刑」に満足している自分がいた。

その夜の妙子の反応がそれを証明してくれた。

このところ、リビングにあるパソコンで「彼女」の痴態を見て、そのままじゃれあうことが多かったが、この夜は夫婦の寝室で小森は挑んでいった。

「あら、すごい」

小森が「彼女」の助けを借りずに強く高ぶっていることを手で確かめて、妙子は無邪気に喜んだ。

小森も自分で驚いていた。小森の分身は信じられないほど強く、長々と妙子を責め続けた。

月曜の夜が火曜になっても、妙子の歓喜は続いた。

午前二時になろうかという頃に、小森は自身を解放し、妙子を解放した。

「もう……週末でもないのに……許して」

妙子はそう言って笑った。

小森の中にはまだ力が充満していた。

「ねえ、私たちも写真撮って『投稿』しようか?」

妙子が冗談ともつかない風に言って、

「バカ」

小森は短く答えた。

悪い奴を「処刑」したあとの充実感は他では得られない。


朝のテレビのニュースで、それは報じられた。高速道路のパーキングエリアで、トラック運転手の射殺死体が発見されたのである。

小森を安心させたのは、被害者の一人の車内から、拳銃と覚醒剤が発見されたことである。

北沢の正義のポイントが一つあがった上に、捜査はそのことで翻弄されるだろう。

その日の午後、北沢と二人だけで話す機会があったので、このことに触れた。

「ニュース見たか？」

「見ました」

「おまえの殺った男は拳銃と覚醒剤を持っていたらしいな」

「そのようです」

「前回との共通点は同じ拳銃というだけで、現場も離れているし、動機も違って見えるだろう」

聞いている北沢の視線が不自然に泳いだ。

「どうした？」

北沢は、念を入れるように周囲を見回すと、思い切ったように告白を始めた。

「実は、課長にまだお話ししてなかったんですが、今回使用した拳銃はこれまでのものと違うんです」

まったく予想していなかった話だった。小森も周囲を見回した。

「どういうことだ？」

「金子《かねこ》先輩の持っていた拳銃なんです」

金子も小森の部下だ。北沢より二年早い入社になる。

「どうして金子が拳銃を持っているんだ」

「それが、亡くなった金子さんのお父さんの、遺品を整理していたら出てきたらしいんですけど……」

金子はおとなしい男だが、北沢に比べるとずっと常識のある、入社してすぐに使えた男だ。

「待てよ、土曜日は金子も一緒だったのか？」

北沢は無言で頷くと、続けて告白した。

「これもお話ししてなかったんですが、一緒だったのは金子さんと、それに内海《うつみ》さんです」

「内海も？」

内海は小森の部下ではないが、金子と同期の男である。爽やかな印象が目立つ男で、社内では人気者の一人だ。

「四人一緒だったわけだな」

「はい」

「だいたい何しに行ってたんだ？」

小森は自分が迂闊《うかつ》だったと思った。肝心なことを聞いてなかったのだ。

「伊豆の山の中に試射しに行ったんです。その、金子さんの拳銃の」

「その帰りに高速で例の運転手と出くわしたのか？」

「そうです。運転しながら漫画を読んでいるトラックを見つけたんです。これは許せないということで、四人の意見が一致して、そんな奴らを探すことにしました。それで、いったん高速を下りて、方向転換して名古屋まで走りました。それからまた方向転換して東京に戻ったんですけど、その間に四台のトラックを見つけて、ついて行ったんです」

なるほど、東京―名古屋を、無責任な運転をしている運転手を探して往復したわけである。

続けて北沢は奇妙なことを言い始めた。

「みんな、小森さんの考え方は理解してるんです」

突然のことに小森は北沢の顔を見ているしかなかった。

「ですから、安心してください」

俺が何に安心するって？　小森は一度深く呼吸してから口を開いた。

「俺の考え方って、何だ？」

「ですから、『正義』です。小さな幸福をふり撒いてくれる人がいるように、小さな不幸を撒き散らす人間がいて、そんな奴を殺すのは『正義』であるということです」

まあ、だいたいあってる。

小森はようやく事態の全体が見えてきた。

どうやらこの会社の中に、「殺人サークル」みたいなものができあがっているらしい。どんなきっかけでそうなったかは知らない。リーダーは北沢のようだが、どうやら、小森は自分でも知らないうちに、そのサークルの会長のような立場にいるらしい。

もしかしたら、創始者と思われているのかもしれない。どうしたものだろう。

冷静ではいるつもりだが、思考は多少混乱している。そんな自分の中に、喜んでいる部分を見つけて、小森は当惑した。

「秘密は守れるんだろうな」

ようやく、それだけ北沢に言った。

「それはもう……大丈夫です」

任せてください、とばかりに北沢は大きく頷いてみせた。

随分と成長したものだ。

「みんな、辻を殺っちゃおうって言ってるんですが」

小森に向かって、「許可をください」とばかりに北沢が言ったのを制して、その日の勤務時間は終了した。

そんな許諾なんか出せるものか。

(そのうち、『課長、判子ください。殺ります』とか言い出しそうだな)

小森は帰りの電車の中で想像した。

えらいものを背負い込まされた。自分の殺意を満足させるだけでは済まなくなってきたのだ。

思えば、父親として、敏宏の悩みを解決してやりたいし、会社を支える人間としての責任もある。この上、わけのわからないサークルの指導者のようにされてはかなわない。

それでも、小森は北沢に言って他のメンバーと一度、顔を合わせる席を設けさせた。北沢一人の暴走を監視するだけで済まなくなったが、ちゃんと会って話しておけば、互いを監視するシステムを構築できるかもしれない。

いい方に考えよう。

だが、辻を解雇する件は、早く進めないとまずいことになりそうだ。

(なんだかなあ、せっかく殺人でストレスから解放されたと思ってたのに、逆にストレスが増えそうだ)

16

電車の中で感じた小森の不安は、実際は的外れだった。

ベッドの中で小森はそれを思い知らされた。

昨夜と同じく日付が変わってもなお、小森は妙子を激しく愛し続けた。

「毎晩こんなので大丈夫なの？」

妙子は喘ぎながら尋ねた。

「平気なんだ。嫌か？」

「嬉しい」

妙子は小森の唇を貪《むさぼ》るように吸った。

（どうやら、俺は『殺人サークル』結成を喜んでいるらしいな）

激しく動きながら小森は思った。

これまでにはなかったことだが、この夜はすべてが終わってから、リビングでパソコンの電源を入れた。

「彼女」の痴態を見るためだ。

（！）

「彼女」はさらなる進化を遂げていた。

画面の中で、「彼女」は複数の男に責め苛《さいな》まれていた。

男たちが、この美女の熟れた肉体にしびれていることは説明されずともわかったが、「彼女」の快感はそれを上回っているようだ。

「この人、狂ってるね」

妙子は妖しく目を光らせて言った。「狂う」というのは、妙子がセックスに対して言う最上級の賞賛の言葉だ。

小森は、快楽の平原の果てに辿り着こうとしている画面の「彼女」が、下田家のよい主婦だった当時を想像した。

周囲に祝福された幸福な結婚。

貞淑な妻。

どこで歯車が狂ったのか。

当人に会って、きっかけからすべてを聞きたかった。

すべてをぶち壊して、ここまでの快楽に身を委ねるのは、小森の味わった殺人の快感と似ているのではなかろうか。

ふと、小森はこの画面を下田が見ているのではないかと思った。

自分の妻が他の男と絡む姿を見るのはどんな気分なんだろう。

貞淑を誓ったかつての花嫁が、カメラ目線で他の男の男根を口にくわえているのだ。それを見て下田は怒り狂わないのか。

ひょっとして下田は、自分たちのように、若い北川とこの画面を見ながら絡み合っているのではないだろうか？

下田の屈折した快感を思ったとき、放ち終わったばかりの小森自身が力を持ち始めた。

「あら……なーに、私だけじゃ足りなかったの。またよその奥さんの体で興奮したのね」

子供のいたずらを見つけた目で妙子は言い、握った。

「強い……そんなにこの人の体が好き？」

そうではない。そうではないが、説明するのが面倒で、再び小森は妙子に埋没した。

17

深夜の男と女は、朝になって父と母になった。

「今度の土曜日の試合、応援に行くから」

朝練のために一番早く家を出る敏宏に向かって、小森は宣言した。中学生らしい照れからか、

「来なくていいよ」

と言い出しそうに見えた表情のまま、敏宏は軽く頷いた。そんな息子の姿に満足して小森も会社に向かう。

会社では静枝が、

「課長、今夜六時に『福富』の座敷を取ってあります」

と、小森の顔を見るなり知らせにきた。

「え？」

一瞬何のことかわからずに問い返そうとした小森の目を、力を込めた目で静枝が見返した。

（あのことか……）

自分で言い出したことだった。北沢に、この前の事件に関わった者を集めるように命じたのは小森だ。

「わかった」

複雑な思いで小森は答えた。

一人で「正義」を実践していた自分が、妙なサークルのリーダーにされそうだ。

（危険だ）

という警報が小森の心の中で鳴っている。事件の真相が発覚する可能性は、関わる人数に比例して高まるだろう。小森が地下鉄の駅で「ロバ女」小鹿を殺して以来十九人が死んでいるが、そのうち八人については小森の意思に関係なく実行された殺人だ。命令した覚えもない。

だが、小森が北沢に語った「正義の殺人」の基準に従って実行したのだ、と言われれば責任を感じないわけでもない。

そして何より、それを嬉しがっている自分がいる。北沢に金子と内海を巻き込んだ殺人を告白されたとき、このことに気づいて愕然としたものだが、今は冷静に自覚している小森だった。

北沢を通じて自分のシンパともいえる殺人集団ができたことは、小森の主張の正しさを実証しているように思える。

どんな形であれ、自分を肯定してもらえることは人間にとっては喜びだ。ましてや、殺人者として罪を問われるリスクを恐れずに追随してくれるのは、それだけ小森の主張に説得力がある証左となる。この殺人サークルに好意的な思いを抱いているのは、彼らが小森の「正しさ」を、リスクを背負ってまで証明してくれているからだ。

小森は自分の不思議な心理をそう分析した。

一日の業務が終了した。

小森は一人で「福富」に向かう。

歩きながら、彼らにするスピーチを考えている小森だった。

滑稽である。目の前の夕暮れの街はこんなに平和なのに。

（シュールだな）

小森はこの皮肉な風景を自分の外側から見た。

平和な街を歩く自分。誰が見ても典型的なビジネスマンと見える。

それが、殺人者たちの教祖としてのコメントを思い巡らしている。

「福富」は会社でよく使う店だった。カウンターの奥に座敷があり、聞かれたくない話をするのにはもってこいだ。

小森が着くと、四人は顔を揃えていた。座敷に足を踏み入れた途端に、小森は四人の表情の中に「教祖を見る目」を確認した。この前、北沢と静枝の中に発見したものであり、今日もその存在を半ば予想していたものだった。

「お待ちしてました、課長。どうぞ」

内海がそう言って、上座に小森を誘った。この男は性格的にも明るく社交的で、この四人の中ではリーダーになるべき資質を備えている。

金子も正座して内海の横に控えているが、この男は内海に比べればおとなしく、補佐役が似合う。

「課長。ビールでよろしいですか？」

小森が着席すると同時に、静枝が声をかけた。入社した頃から、誰に教わったのか酒席でもよく気が回る子だった。

ビールと最初の料理が運ばれ、全員がグラスに口をつけた頃、小森が本題を切り出す。

「それじゃあ、話を聞かせてくれよ。どういうことだったんだ？」

内海と金子は北沢を見た。会社での存在感は一番軽いというより、悪い方で目立っていた北沢だが、殺人者としては先輩だ。二人の先輩社員が一目置くのも当然だろう。

「いえ、この前包み隠さずお話ししましたんで、他には何も」

これは他の口から聞いた方がいいようだ。小森はそう判断して、まず金子に話をふった。

「金子君の家にあった拳銃を使ったんだって？」

「そうです」

金子は真っ直ぐ小森の目を見て答えた。心に一点の曇りもないという目だ。

「君の亡くなったお父さんのものだそうだね？　お父さんは何をしている方だったんだ？」

「ルポライターだったんですが、仕事の上で命を狙われるようなことがあったのかもしれません。亡くなってしばらくして、押入れの奥に油紙に包まれていた拳銃を私が見つけました」

「他のご家族は知らないんだな？」

「はい」

つまりそのラインから情報が漏れる心配はないということだ。

「ふーん。命を狙われるというのは、暴力団相手に取材をしていたのかな？」

「私もそう思います。仕事の話は家ではあまりしなかった父なんですが」

金子はスポーツマンタイプではないが、贅肉のないスマートな体型で、顔も締まっていて聡明な印象を与える。

「すると、伊豆の山の中でその拳銃の試射をして、その帰りに……金子君がやったのか？」

「一人目はそうです」

金子は答えると、内海の方を見た。

「二人目は内海君か？」

「そうです」

内海も真っ直ぐに小森の目を見た。

内海は社内の草野球チームのエースで四番だ。ここにいる三人の若者の中では、一番たくましい体をしている。

「刺青をしている奴を殺ったのは？」

「私です」

内海が答える。

つまりこういうことだろう。北沢の指図で内海と金子はそれぞれ殺人を犯し、秘密と罪を共有する立場になった。

（殺人サークルの入会儀式かな）

まず一人殺さないと入会の資格はないのだろう。

ただ一人殺人を犯していない静枝は、マネージャーのような立場になっているわけだ。

「だいたいわかったんだけどね。俺が聞きたいのは、そう、動機だな。どうしてそういうことになったんだ？」

「私は……」

小森の問いかけに、内海が勢い込んで答えようとしたが、そのとき、次の料理が運ばれてきて、反応よく内海は口を閉じた。

その様子も小森を満足させた。秘密を共有するのには申し分ない男だ。

店の人間が去ると内海は再び口を開いた。

「私は、ヤクザが許せないんです。父が、私が高校生のときに自殺したんですが、ヤクザに殺されたようなものなんです。いや、殺されたんです父は」

内海は何かを思い出したのか、悔しげな表情を浮かべた。

「そんな話を北沢君にしたら、小森課長のお考えを聞かされまして」

それで「入会」希望か。

内海の父親の話をじっくり聞くべきとも思ったが、今は動機となる事情があったとわかっただけで十分だろう。

内海の話に間ができたところに、金子も再び口を開いた。

「私も悪い奴が許せないんです。中学校でも高校でもワルたちに標的にされました。真面目にやってるのになんでこんな目に遭うんだろうって、悔しい思いをしてました」

つまりはいじめられっ子だったわけだ。

小森は敏宏の学校でのいじめ事件を思い起こした。高島の手先に追い詰められて自殺した一中の生徒のことも。

「小森課長のお考えは正しいです」

金子の声には張りがあった。小森はそこに「思想」を感じた。だが、所詮北沢からの又聞きで、金子と内海は勝手な解釈をしているだけなのかもしれない。ここは釘を刺しておく必要がある。

「俺の考えというと、どういう風に解釈してるのかな?」

小森は、金子と内海それぞれに視線を配りながら問いかけた。

「北沢君からは、駅員の挨拶の話を聞きました」

そう答えたのは内海だ。

「毎朝の挨拶で人を少しずつ幸福にしている男の話です。その逆に少しずつ不幸にしている奴は死んだ方がいいと……。その通りだと思います」

内海の声も張りがあって「思想」を感じさせた。

「社内にもいるじゃないですか。そういう『死んだ方がいい奴』。辻を殺すことを提案しているのは、実は私です」

金子の発言は小森には意外だった。北沢が辻を殺すことを主張し始めたのは、「高速パーキングエリア殺人」より数週間前になる。その頃から、ここにいるメンバーは小森の殺人を知っていたのか。

小森は北沢を見た。シラッとしているが、結構危ない真似をしている。

「わかった」

小森は二人に負けないことを意識して声を張った。

「君らのやったことは正しい。それは現場を見なくても今の話を聞いて確信した」

聞いている四人の緊張が緩んだ。小森に認められてほっとしたのだろう。金子は頬を紅潮させて、嬉しげだ。

「だが、俺がここで言っておきたいのは、みんなに思いあがってほしくない、ということだ。いわば、われわれは周囲の人間の生殺与奪の権を握った。その手段を得ている」

「われわれ」と言ったとき、小森は四人の表情を見た。明らかに、この「殺人サークル」に帰属している人間の顔がそこにあった。

「俺がいつも思うのは、独裁者のことだ。ヒトラーにスターリン、彼らは多くの人間の生命を奪った。ヒトラーなど、ユダヤ人だけでなく、同性愛者や障害を持った人々まですべて抹殺しようとした。ヒトラーは人間の価値、人生の価値を自分勝手に決めつけたんだろう。生きている価値のない人間は殺せ、と命令したわけだ。だが、奴の考えに欠けていたのは、自分自身の人生も無価値であるという一点だ。われわれと、殺した人間との差はいかほどもない。われわれもいつ足を踏み外して、殺されるべき人間の仲間入りをしないとも限らない。それを承知の上での人選であるならば、俺は何も言わないよ」

小森の話を聞いている四人に、反発の色が浮かぶことはなかった。間違いなく小森は彼らの信仰の対象だ。

今は、小森一人が「力」を独占しているわけではない。若い三人の男も殺人を経験している。しかし、最初に実行に移した勇気と決断力に彼らは敬意を払ってくれているようだ。

料理に箸をつけ、アルコールが回ってくるにしたがって、座が和んできた。競うようにして、四人は次の殺害候補者の名をあげた。

このあたり、かなりサークルらしくなってきた。旅行サークルで次の旅先を決める感覚で「殺した方がいい奴」の名をあげる。

「そいつよりはこっちの方が先だろう?」

と楽しげだ。

ここにいる誰も、人を不幸にするとは思ってない。殺るべき奴を殺ってしまえば、みんなを幸福にできると信じている。

ここで、あらためて辻の名前があがった。

北沢だけでなく、メンバー全員が辻を始末したがっている。いわば死刑が確定した形だ。

小森は不思議な感慨を持った。これまでの事件の発覚につながることを恐れて、辻殺害に躊躇している自分が、打算的で不純な人間に思えたのだ。

辻のような人間はやはり殺すべきなのかもしれない。

問題はチャンスがいつ訪れるかだ。

小森は上機嫌で家路についた。

「殺人サークル」の会合は盛りあがり、どういうわけか、土曜日にはみんなで敏宏の試合に応援に行くことまで決めてしまった。

小森は「中心にいる」快感を味わった。自分の結婚披露宴でも味わったことのないものだ。あのときの中心は妙子だった。

家に帰ると、十一時を回っているのに、妙子とともにリビングに敏宏がいた。衛星放送のNBAの試合を観戦しているのだ。

小森もソファに敏宏と並んで座り、一緒にプロのプレイを楽しんだ。

敏宏は少しずつ専門的な見方ができるようになっている。豪快なダンクシュートより、絶妙なパスや、読みのいいディフェンスに感動するようだ。

小森自身は球技を専門的にやったことはないが、息子がやっているというだけで、バスケットボールには興味を覚えてきていた。

妙子の方は、中学時代はバスケット部に籍を置いていたということで、息子と夫につきあうのも苦ではないようである。

放送が終わると、

「明日も朝練があるんだろう？　早く寝ないと」

という小森の声を背に受けて、敏宏は二階にあがって行った。

「あなたも、もう寝るでしょう？　お風呂入れば？」

妙子も今夜は「彼女」の痴態を小森に見せる気はないようだ。息子とともにバスケットを見たせいか、夫婦は禁欲的な気分になっていた。

ベッドの中で小森は今日の会合を反芻した。

彼ら四人には好意を持ってはいる。と言うか、かわいいとさえ思う。自分が指導的立場にあるという余裕だろうか。

彼らの「正義」も大きくはずれているとは思わないから、彼らの希望通りに殺人計画を進めてもかまわないが、事件が発するかどうかは自分が最終判断をしなければならないと思う。

まずは辻の件だ。

彼らは辻を殺すつもりでいる。

小森も殺してもかまわないとは思う。辻の人生には価値がない。いや、奴の人生はマイナスだ。他の人生の幸福を損ねる。少しずつかもしれないが、加算していけばいくつかの人生が消え去るほどになるかもしれない。いや、たぶんそうだ。

（殺すのが一番だろう。それが簡単だ。だが、危険だな）

という考えが、小森の頭の中で繰り返された。そして得た結論は、以前と同じものだ。

（辻を退社させよう）

「殺人サークル」のメンバーの前から消え去ってくれるのであれば、生きていてもらってかまわない。北沢はそれでも、

「それでは、他の会社で同じ被害者が出るということです」

と、あくまで辻殺害にこだわるだろうが、実際に辻が視界に入らなくなれば忘れてくれるだろう。

小森は具体的な方法を考えようとしたが、いつのまにか眠っていた。

18

翌日、事態は予想外の展開を見せた。

小森が行動を起こす前に、辻の方が牙を剝いてきたのだ。

この日は小森も忙しく、辻の解雇を工作する暇はなかった。「殺人サークル」のメンバーにも、

「仕事第一」

と宣言してある。「正義のための殺人」でも、仕事の妨げになるようでは困る。今回の場合は、逆に殺人に至らぬように工作しようという話だが、それも仕事優先の中でしか動く気はなかった。

事件は夕方、取引先から会社に戻ってきたときに起こった。

廊下で突然辻にからまれたのだ。

「小森課長、辻は使えないって言ったって？」

このバカはいきなり敬語を使うことも忘れていた。

小森には身に覚えのない話だ。

辻は使えない。そうは思っていた。思っていたし、そのことで解雇できるように工作するつもりでいた。だが、まだ行動は起こしていない。

「何の話だ？」

小森は冷静に対応した。

「あんたは、俺が無能だって言ったんだろう？」

辻はすでに語気が荒くなっている。

（本当にどうしようもないバカだな）

小森が言ってもいない悪口を、磯村部長の耳に入れて混乱させたのはこの男である。自分の風聞を気にする資格がある、と思うこと自体が理解できない。

その上、小森の発言の真意を確かめる余裕もなく、すでに激昂している。

「そんなことを言った覚えはない」

変わらぬ冷静な口調で小森は答えた。

「いーや、言った」

（こいつは、小学生以下だな）

小森は呆れた。

誰に聞いた噂か知らないが、本人が否定した時点で、すでに真相は藪の中で、ここからは丹念に真実を検証していくしかないだろう。それは気の利いた小学生であれば、自分の頭で考えてわかることだ。

「だから、言ってないって言ってるんだ」

「あんたは言ったんだよ！」

こいつには精神鑑定が必要だ、と思う間もなく、小森の左目に激痛が走った。

（殴られたな）

それでも小森は冷静だった。

辻の大声を聞いて、すでに廊下に出てきていた何人かが、たちまち辻を取り押さえた。

「警察呼びますか？　課長」

まだ何か喚いている辻を羽交い絞めにしているのは、このバカと同期の尾西《おにし》という男だ。以前から辻の悪口を触れ回っていた男で、ここぞとばかりに乱暴に辻を振り回している。

「いや、会議室に連れて行ってくれ」

尾西を含めて三人の社員が、辻を会議室に引き立てた。

「わかった。わかったから離してくれ」

辻は哀れみを請うような声を出した。どこまでも情けない男だ。

「何がわかったって言うんだ？　このバカ野郎」

尾西は憎々しげに言ったが、内心は痛快がっているようだ。これで辻もおしまいだと思っているのだろう。

辻をソファに座らせると、周りを取り囲む。

「おまえ、自分が何をしたかわかってるんだろうな？」

尾西は辻の胸倉を摑んで言った。

「……いや……申し訳ない」

辻は形勢不利と見ると態度を変える男だ。

「だけど、小森課長が辻は無能だって言ったって聞いたから……」

（だから、それは言ってないって）

そう思った小森がそれを言葉にする前に、

「だって、お前は無能だろう！」

と、尾西が激しく罵った。話が違う方向に進みそうだ。

「接待の最中に鳴った携帯に出て、女と話し込むし。なーにが『愛してるよ』だ、バーカ。時と場合ってものの判断もできないのか」

尾西は、日頃腹に据えかねていたことを吐き出しているようだ。覚えたセリフのように言葉が出てきた。機関銃のようなテンポのよさだ。

圧倒されて辻は黙っている。

小森は殴られたことに立腹するより、

（これでこの男も死なずに済むな。俺の手間も省けた）

と考えて、肩の荷が下りたような気分になっていた。

会議室に金子と内海が入ってきて、尾西たち三人に交代する旨を告げた。尾西はまだいたいようだが、

「仕事に戻った方がいいよ」

と小森が言うと、しぶしぶ出て行った。尾西が出て行くと、辻もほっとしたような表情を見せる。

「社会人が暴力はないだろう」

金子が弁護士のような口調で話しかける。

「いや……小森課長が辻は無能だって……」

何度同じことを繰り返すのだろう、このバカは。

「だから、そんなこと言った覚えはないって」

小森はうんざりして言った。

「でも、そう言われた僕の気持ちはわかるでしょう？」

小森は耳を疑った。この男は自分の立場以外でものを考えられないのか。

「じゃあ、殴られた課長の痛みは？　お前、わからないのか？」

内海の方が後輩であるはずだが、腹の底からの軽蔑が言葉に表れてしまう。だが、今は辻もそれを指摘する余裕はないようだ。

黙っている辻に、小森も問いただしてみた。

「あのな、誰に何を聞いたか知らんが、俺が言ってないと答えたら、そこで、じゃあどういうことですかね、とならんか？　そうなるのが普通だろう？　それが、いーや言ったってのはなんだよ？」

辻の表情は、いつもの何を考えているのかわかりづらい中途半端なものに戻っている。

「使えないと言われてると聞いて、カッとなったもんですから……」

その声もいつもの気の抜けたようなものだ。

「お前さっきから、自分の気持ちばっかり言ってるけどな。言ってもいないこと言ったと言われて、その上殴られた俺の気持ちはどうなる？」

取りあえず、小森は正論を言ってみたが、聞いている辻の目は浅い。

（こいつには何を言ってもダメだな）

小森は諦めた。この男の口から誠意ある謝罪の言葉は聞かれない。期待しても空しいだけだ。

内海も辻の態度にイライラを募らせたようで、

「お前、小学生以下だな」

と早口に言った。

「それはない。それはないな」

辻は独り言のように呟いた。自分は小学生並みではないと言いたいのか。だが、体力的に明らかに勝る内海には正面切っての反論はできないらしい。

どこまでも情けない男だ。才能とも努力とも無縁な上に、しようもない策謀に走る。この男が社会に有益な何かを残せるのだろうか。

そのとき、会議室のドアが開いて、北沢が顔を出した。

「準備できました」

北沢の運転する車の助手席に小森は座った。後部座席の真ん中に辻が座り、金子と内海が両側に座っている。

「警察に行くんですか?」

辻が怯えた声で言った。

「そんなところには行かない」

金子が答える。

小森も行き先を知らない。

ここに至って小森は止められないと思っていた。北沢が会議室のドアをノックしたのは、死刑囚の呼び出しだったのだ。

（バカな男だ。俺はお前の命を救おうとしていたのに）

「伯父が財務省にいるんですよ」

辻が言った。

「それがどうした？　関係ないだろう」

金子が冷たく答えた。

「そうだけど、警察に僕が捕まると伯父の立場によくないんじゃないかと思って……」

辻の答えが嘘であることは、車内の全員が感じていた。明らかに辻は伯父の「権威」を持ち出して、警察に突き出されるのを回避しようとしていた。

その心配はないのに……。

聞きもしないのに、辻は自分の家系の話を始めた。

旧制高校の応援団長だった祖父の話。親戚に国家公務員が多くいる話。

辻自身は外語大を出たあと、イギリスの大学に留学していた。もっともオックスフォードでもケンブリッジでもない。

金持ちのボンボンが、留学で箔をつけるつもりでいたのだろう。

無駄だ。

こんな男が語学に堪能なことに何の意味があるだろう。言葉ができても主張したいことがないなら仕方がない。言語は手段に過ぎないのだ。

「殺人サークル」の四人は黙っていた。

その沈黙に何かを察しているわけでもないだろうに、辻は不自然に饒舌だった。しゃべればしゃべるほど、辻は自分の人生の無意味さを証明していった。

「小森さん、痛かったですか？」

小森の体の心配をしているようだが、そうではない。

「そりゃ痛いよ。目玉を殴られたんだからな」

答える小森に内海が、

「病院行った方がいいですね。衝撃を加えると網膜剝離《もうまくはくり》になることがありますから」

と心配してくれるのに、最初に問いかけた辻の方は、

「でも、無能と言われた僕の気持ちもわかるでしょう？」

もう自分のことを話している。

何度言っても無駄だった。そもそも小森はそんなこと言ってない、という話なのに言われた自分の感情を主張する。

こいつはどういう教育を受けたのだろう。

兄がいて、これも父親同様に公務員だという。してみると、この男だけが非常識なのだろうか。

「そのイギリス留学で、何を勉強したんだ？」

小森は少しサディスティックな気持ちになって質問した。

「映画です」

「映画？」

「映画監督になる勉強したんです」

得意げに答える辻は、逆にバカにされるとは露ほども思ってないようだ。

「それじゃ、うちの会社となんの関係もないだろう？」

内海が呆れたような、侮蔑を込めた言い方で返したが、本人には伝わらないようだ。

「ええ、自分の監督で映画撮るのはすぐには無理ですから……」

こいつは自分で頭がいいつもりなのだろうか。

「それでうちの会社に入られたんだったら、迷惑だな」

金子が冷たく突き放した。

「映画監督が夢だったら、映画を撮る努力をすべきじゃなかったのか？」

小森も追い討ちをかける。

「そうですけど、今の日本映画の世界って低迷してるじゃないですか」

辻の返答に、

「は？」

四人同時に声をあげ、北沢がゲラゲラ笑い始めた。辻も何を勘違いしたのか一緒に笑っている。

「どうしようもないな」

内海が諦めた口調で呟いた。

車は、小森も一度きたことのある北沢の実家の前で止まった。

「ちょっと待っていてください。『道具』を取ってきます」

北沢一人が屋敷の中に入って行った。

金子も内海も何度かここにはきたことがあるようで、別に珍しくもない顔をしているが、

「大きなお屋敷ですねえ」

辻はしきりに感心してみせたかと思うと、自分の父親と母親のそれぞれの実家の話を始めた。どちらもここより立派という話だ。

「黙れ」

ついに内海がキレた。

「お待たせしました」

北沢がかつての小森の鞄を持って戻ってきた。中身はわかっている。

「これは高速では使わなかったんだよな？」

小森がさりげなく尋ねると、

「そうです」

北沢も事務的に答えた。

それからさらに二時間ドライブが続いた。神奈川と山梨の県境に近いとおぼしき場所で、北沢は車を止めた。

目の前に廃屋があった。

「これはまた、使われなくなって随分長いな」

ヘッドライトに浮かぶ建物は、壁に蔦《つた》が這っていた。

「この建物の裏に涸れた古井戸があります」

金子の答えに小森はすべて理解した。黙って頷く小森に内海は問いかけた。

「いいですよね？」

何を聞きたいのかはわかる。

「いいとも。ただ、俺が殴られたことで感情的になってるとは思わんでくれ」

小森が言いたいことも理解されたようで、三人は黙って頷いた。

辻だけは何も理解していない。

北沢の家を出てからしばらくは、金子が、

「みんなに挨拶する駅員の話と、その逆の話」

を語ったのだが、それも辻にはわからなかったようだ。

辻の発想の中には、他人の幸福を思いやるという部分が最初から欠けているようだ。

愚かな死刑囚は、五分後の自分の運命も見えてないようで、促されるままに車外に出た。

「警察に行かない方がよかったよな？」

内海が皮肉を込めて言った。

「ああ、助かるよ。ほら、伯父が……」

また家系の話をしようとした辻を、今度は金子が、

「黙れ」

と、一喝した。

懐中電灯をかざして、北沢が先頭を歩いて行った。それに小森が続き、その後を金子と内海が辻を挟んで続いた。

「ここです。古井戸」

大きな声で北沢が言っているのに、辻はなんの警戒もしてなかった。そうだろう。身近に民間の「死刑執行人」がいるとは誰も想像しない。

小森は井戸を覗き込んだ。

深い。

振り返ると、辻が続いて歩いてきていた。自分も井戸を見てみる気だったのかどうか。今となってはわからない。

井戸を背にした小森と辻とが向かい合う形になったとき、辻の側から金子と内海がサッと離れた。

すばやく北沢が辻に近づくと、辻の頬骨のあたりにサイレンサーのついた銃口をつけると引き金を引いた。

即死だった。

倒れた辻の右の頰から左のこめかみに大きな穴が開き、顔全体が歪んで白い歯が見えた。開いたままの目は驚いておらず、いつもの浅い目のままだった。

上着とズボンのポケットを探って、鍵や財布に入った免許証を取った。

それから三人で古井戸に頭から投げ込んだ。

車に戻る途中、金子が思い出したように吐いた。

車に乗り込んで、

「大丈夫か？」

小森が金子に声をかけると、

「大丈夫です。全部吐いてすっきりしました」

思ったより元気な声で金子は答えた。

「いいことをした気分です」

内海がその横で言った。虚勢を張っている風ではない。

「さ、帰ろう」

そう北沢に命じたとき、小森は今日のすべてが自分の計画であり、指揮したような気分になった。

帰る道すがら、このあとの処理は静枝が考えていることを聞かされた。

19

小森の家には十一時前に着いた。金子と内海を送ったあと、北沢の帰りは一時を回るだろう。だが、いつもよりテンションがあがっている北沢は明日も他のメンバーより先に出社しそうだ。

「どうしたの？　その顔」

小森の顔を見て、妙子は声をあげた。先週の敏宏に続き、我が家の男は名誉の負傷だ。

小森自身も鏡で見て、目の周りが青く変色しているのに驚いた。

「明日病院に行くかな？」

少し不安になる。

「そうして」

妙子も医者の診断をもらって安心しておきたいようだ。

あらためて腹が立ってきた。理屈の通らない言いがかりで殴りかかってきた辻に対してだ。

だが、奴はもういない。山の中の古井戸に冷たく横たわっているのだ。もうあいつのせいで誰も嫌な思いをしないで済む。

湯船で筋肉の緊張を緩めながら、自分たちがしたことに満足を覚えた。

（いいことをしたな）

また一つ正義を貫いた。

静枝はどういう処理をするのだろう。いきなり社員がいなくなるのだ。家族も捜索願の一つも出すだろう。

辻の失踪直前に殴られた小森に、疑いがかかるかもしれない。

だが、なんとなく小森は大丈夫な気がしていた。根拠はないのだが、あのサークルのメンバーなら、うまく処理していけそうな気がするのだ。

静枝は見事に処理した。

辻は会社の金を横領していた。これが真実かどうか小森は知らない。とにかく、そういう事実が公になり、辻は姿を消した。すべてはそういうことになったのだ。

辻のマンションは解約されて、家財道具もすべてなくなっていた。

遺書も書き置きもなかったが、状況証拠はすべて揃っていた。

失踪直前の小森とのトラブルは巧妙に揉み消された。

死人に口なしとはよく言ったものだ。

おそらく会社の人間の記憶からもすぐに辻のことは消え去るだろう。思い出すにしてもひどい奴がいた、というぐらいである。

懸念していた捜索願だが、家族からもとうに見放されていたらしく、出されなかったようだ。何せ犯罪者なのだ。

あとは、つきあっていたという他社の受付の女だが、これも心配ないだろう。元々、バカな奴だとか、変な奴だとは知っていたが、死ぬ直前に奴が見せた人格はどうしようもないものだった。あれだけ自己愛しかない男なら、女の方もすぐに嫌気がさしていただろう。少なくとも愛されていないとは感じていたはずだ。

「会社のためにもよかったですね」

小森に北沢が言った。

この男の口から「会社のため」なんて言葉が出てくるとは、入社当初からは信じられない話だ。

「また成長したな」

北沢に小森は言った。

土曜日。

四人は、敏宏の試合の応援に駆けつけてくれた。この日は妙子と美香も観戦した。敏宏の個人応援団は都合七人である。

この日、久しぶりに下田の姿が体育館にあった。息子の伸太郎も、ベンチスタートだがユニフォームを着ている。

「お久しぶりです」

小森が下田に声をかけると、以前と変わらぬ快活な印象のまま、

「小森さん、お久しぶりです」

と、挨拶を返してくれた。

それが小森には何より嬉しかった。学生時代に輝いていた下田に、自分の前では卑屈になってほしくなかったのだ。

「おお、敏宏君の応援団はすごいですねえ」

下田は感心してくれた。

「伸太郎君の調子はどうですか？」

小森は、しばらく伸太郎が練習に出ていなかったことを知らないふりをした。

「いやあ、スタメン落ちは自業自得です。前田先生もペナルティの意味を込めて、スタートからは出さないつもりでしょう」

下田もその辺の詳しい事情には触れなかったが、こちらが察していると思っているのかどうか。

試合が始まった。

小森の目にも敏宏は選手として成長して見えた。まずミスらしいミスがほとんどない。積極的ではあるが、無理なシュートを放つことはなく、味方のよいプレイを引き出すことに集中している。

前田コーチも全幅の信頼を置いてくれているようで、以前観戦したときに比べると、叱咤するというよりも司令塔である敏宏に作戦を伝えている感じで声をかけている。

そうなると敏宏の応援団は俄然熱が入ってくる。妙子と美香も頼もしげに敏宏の活躍を見ているが、サークルの四人は初対面にも関わらず、声を出して応援している。

まさか、この四人が「殺人サークル」だとは、誰も思うまい。土曜の午後、カジュアルなファッションで中学生のバスケットボールを観戦している姿は、健全このうえない。

試合の途中から伸太郎がコートに立った。

敏宏の動きがさらに活発になる。

伸太郎の動きには、練習不足の影響が如実に現れていた。だが、敏宏はとにかく伸太郎にボールを入れた。そのパスに合わせているうちに、伸太郎は以前の調子を取り戻していった。試合の始まりと終わりでは別人のようだった。

試合は敏宏たち二中が相手を圧倒して勝利した。コートではハイタッチで選手たちがお互いを称えあい、ギャラリーでも応援の人々は拍手を送った。

敏宏と伸太郎もハイタッチをしている。

文句なしに敏宏はＭＶＰだ。

小森の見た下田の横顔は涙ぐんでいるようだった。

下田にとっては、敏宏と伸太郎の間に起こったことはかつて通った道であるのかもしれない。おそらくそのときは、下田は伸太郎ではなく、敏宏の立場であったろう。

小森は、これで下田も立ち直ってくれるだろうと思った。スポーツの世界が、本来彼の立っているべき場所なのだ。

かつて小森は、下田がその妻の投稿サイト上に晒す痴態を見続けているのかどうか、それが気になっていた。ついさっき挨拶したときにも、(聞いてみたい)という衝動があった。だが、今はどうでもいい、というかもう「彼女」は別の世界に行ってしまったのだから下田にも忘れてほしかった。それよりも北川桜子先生と結婚するなりして、伸太郎のスポーツマンとしての成長を見守ってやってほしいのだ。

二中の近くのファミリーレストランで、敏宏を待つことにして体育館を出た。敏宏応援団と下田は、歓談しながらヒーローたちを待った。

妙子と美香はすぐにサークルのメンバーと打ち解けて、美香のバレエの発表会にも来てもらう約束を取りつけた。

小森が下田のことを詳しく紹介すると、若者たちは素直に敬意を払った。彼らが見ても下田は「正しい人」だ。

伸太郎と敏宏が連れ立って現れると、サークルのメンバーは拍手で迎えた。他の客が何事かと振り返る。二人のスポーツマンは照れながらも嬉しそうに頭を下げた。

「二人ともお腹すいてるだろう？　何か食べれば？」

小森に勧められて、二人とも旺盛な食欲を披露した。

「お兄ちゃんたち、かっこいいね」

静枝が美香に語りかけた。

「私、中学高校と悪かったですから、こういう世界とは無縁だったんですよ」

今度はおとなたちに静枝は言った。

考えてみれば、静枝もまだ二十歳なのだ。おとなから見れば中学生と大差のない若さである。

「羨ましいです。敏宏君も美香ちゃんも。今日誘っていただいてありがとうございます。美香ちゃんのバレエも絶対行くからね」

静枝の言葉は小森には嬉しいものだった。長男が主役のまま終わる一日に、長女にも声をかけてくれた心遣いもありがたい。

ファミレスの前でサークルのメンバーと下田親子とは別れた。サークルの四人は家にも誘ったのだが、内海が、

「それはまた今度ということで」

と代表して答えて、駅への道を四人並んで歩いて行った。


「いい一日だったな」

妙子の待つベッドに体を滑り込ませながら、小森は言った。

「そうね」

答える妙子は全裸だった。

小森にはすべて満足のいく一日だった。

敏宏の活躍で試合は勝ち、見事な手際で辻を始末した仲間がそれを観戦してくれた。下田親子も立ち直ってくれている。

気分は晴れやかだった。

こんなときの小森は強い。

子供たちはもう寝ているはずだ。特に敏宏は試合の疲れでぐっすり眠っているだろう。しかも明日は日曜だ。

小森は容赦しなかった。それを予想していた妙子も受けて立った。様々な形で一時間以上も交わり続けた。

妙子が何度か達したあと、インターバルを取った。小森はまだ終了したわけではない。

「ねえ、『彼女』の新作見ようよ」

妙子が荒い息を吐きながら、提案する。たいてい土曜の夜に「彼女」の画像は更新されるのだ。

夫婦でリビングに戻り、パソコンを起動させた。すぐに「彼女」の新しい痴態が画面いっぱいに広がった。

何度見ても、慣れることはなかった。

（俺はおとなしすぎるのかな？）

こうなるとどっちが普通なのか見当がつかなくなってくる。

今週も「彼女」は若い愛人と激しく交わったようだ。

「？」

最初、いつもと何かが違うと感じたのは、妙子の方だった。言われて小森も違和感を覚えた。

「！」

答えを見つけたのも妙子だった。

「彼女」はパートナーを変えている。絡んでいる男の体というより、挿入部分がアップされているときの、そのモノが変わっていたので気がついたのだ。

画像に添えられたメッセージでそれは確認された。前の愛人よりさらに若いパートナーに「彼女」は鞍替えしたらしい。

「どうなってるんだ？　若い愛人でなくて『彼女』がここまでリードしてきたわけか？」

「そうとも限らないでしょう？　最初はリードされてたのが逆転したのかもよ」

複数の男と絡んでいたあたりから、それは予測されてもよかったかもしれない。そもそも一人の男に納まる「彼女」じゃないのだ。

いったん小森は萎えた。

「どうしたの？」

「いや、凄すぎるというか、この事態は興奮するより、空《むな》しさが勝らんか？」

「なに言ってるのよ」

「だってそうだろう？　ここで人の心の移ろいを知らされてもだな……」

「普通のことじゃない。彼氏や彼女が変わるのはよくあることでしょう。見えないだけで、こういうことが実際には起こっているわけよ」

「そうか」

「そうよ。彼氏が変わるということは、つまりこういう風に女のあそこに入るチンチンが変わるってことなんだから……」

「ちょっとやめない？　そういう言い方」

そう言った小森を見る妙子の目が、妖しく光った。

「私だってそうよ。高坂《こうさか》さんとつきあっていた頃……」

「やめろよ」

高坂は、小森とつきあう前に妙子がつきあっていた大学の先輩だ。

「あなたが知らないだけで、これと同じよ」

妙子の目は小森をにらんでいるようだった。嫉妬の炎に脳みそが晒された気がした。

「そうだったのか？」

「そうよ、こんな風な格好させられたもの。四つん這いになってお尻だけあげさせられて……」

小森の目は敗者の目になっていたと思う。全身から力が抜けたのに、男の芯だけに力が漲った。

それを見て、妙子は片手で強く握った。

「こんなこともしたわよ……」

小森は妙子の口の中で踊った。

パソコンの画面をクリックして次々に画像を開きながら、

「これもしたわ」

妙子は小悪魔の目で続けた。

「高坂さん激しかったのか？」

「激しかったわ。まだ若かったもの」

後頭部が焼けるような気がした。

小森は妙子の手を摑んで寝室に戻り、責め続けようとして呆気なく果てた。

「どうしたの？　嫉妬したの？」

妙子はさらに挑発する。たちまち回復した小森は高坂との話を妙子に強要しながら、何回も果てては回復し、明け方まで交わり続けた。

20

翌日の日曜は、小森は完全に抜け殻状態で、リビングのソファに横たわって過ごした。

「お父さん、元気ないね。大丈夫？」

美香が心配してくれた。

「大丈夫だよ」

答える自分の声がまるでヘナヘナなのがわかったが、力が入らなかった。

「ほんとだらしないわね、お父さん」

妙子が美香に笑いかける。

なんでこんなにツヤツヤと元気なのか。とても二時間ちょっとしか寝ていないようには見えない。

小森は自分が明け方まで何回果てたか数えようとしてやめた。

どうやら自分たち夫婦も「新境地」に足を踏み入れたようだ。だが、目いっぱい頑張ったところでこの程度という気がする。

「彼女」は、下田の元妻は、どこまで行くのだろう。

（相手を変えるというのは盲点だったなあ）

これまでのペースで同じパートナーと道を究めようとすると、早晩「死」がにおってきたような気がする。それを巧妙に回避したのだろうか。


月曜になると、体力も回復し、心なしか身が軽くなったようで会社の仕事がはかどった。

北沢が仕事の打ち合わせ中に他の部下が中座したのを見計らって、

「やっぱり広告代理店の奴を殺りたいって、土曜の帰りに盛り上がったんですが」

と報告してきた。

「そんなに悪い奴なのか？」

「金子さんが熱心なんですけど、なんでも何の才能もないくせに、人の金を抜くことに長《た》けた野郎だって話です」

「広告代理店って存在がそもそもそういうものだろう。そいつだけの話じゃないぞ」

そこまで話したところに、中座した社員が戻ってきたので、

「続きは今度な」

と小森は結論を先送りにした。

会ったこともない男の生命を左右するのは大変な立場だなと思う。

午後から、北沢と二人で取引先に行くことになった。話す時間はたっぷりある。

「代理店の奴のことは全員揃ったときに話そう」

「わかりました」

取りあえず、その他に北沢があげたい「殺害候補者」はいないようだ。

「しかし、あの古井戸のある廃屋は、よく見つけたな。誰が見つけたんだ？」

小森はあのとき確かめなかったことを聞いてみた。

「あれは静枝です」

「そうなのか」

意外な気がした。

「静枝のじいちゃんが住んでた家らしいですよ。本人も一時期住んだことがあったらしいです」

「それも随分前だろう？　あの様子じゃあ」

「そうですね。本当に幼い頃だと言ってましたから」

静枝も大変だと思う。つきあっている彼氏が殺人者で、「殺人サークル」まで結成したものだからマネージャーみたいな立場に立たされ、

（死体の捨て場所の手配までさせられたんじゃあな）

同情するが、彼氏のためだ。

会社に戻ると、その静枝が、

「課長、今度の会合は木曜日でいいですか？　他のメンバーはそれだと都合つくらしいんですけど」

と聞いてきた。マネージャーも大変だ。

「ああ、そうだね。いいよ」

「じゃあ、場所取っておきます」

サークルというのは、こういう人材こそ必要なのだ。縁の下の力持ちというか、陰で支えてくれる人が。


木曜日の会合の場所は、会社の近くの区の施設だった。

「へえ、よくそんなところが借りられたね。費用はどれぐらいなの？」

小森が感心して尋ねると、

「ただです。団体登録済ませたので」

という静枝の返事である。

「団体登録？」

「ええ、登録済ませるとただで施設が借りられるんです。よくアマチュアの劇団とかが、友だちの住所使ったりして登録してますよ」

「へえ」

「じゃあ課長、六時ですから、よろしく」

まったく静枝は手際がいい。

会場の施設に行くと、まだ六時前なのに入り口で他の四人が待っていた。

「お疲れさまです」

挨拶を済ませると、

「これからずっとここが会場になります」

静枝が説明を始めた。

「入り口のところに、『本日の使用状況』というホワイトボードがあります。『ＫＳＣ』というのが私たちの団体名ですから、『ＫＳＣ』と書いてある部屋にきてください。いつも同じ部屋なわけじゃないですから」

小森だけがわかってないんだろうか。誰も聞かないので、小森が聞いてみた。

「静枝ちゃん、『ＫＳＣ』って何？」

「『小森殺人クラブ』です」

「うわっ」

抗議する暇もなく、

「『小森正義クラブ』でもいいですよ。どうせ同じ『KSC』だから」

と、静枝はアッケラカンとしている。

「『正義クラブ』にしような」

と呟きながら、小森は静枝のあとについて借りてある部屋に向かった。他のメンバーはそのあとに続く。

「第二回KSC総会」

と、ホワイトボードに水性マジックで書かれた部屋に入る。

部屋の中では静枝の指示に従って席に着いた。

「課長、議長をお願いします」

これも静枝の仕切りだ。

ここで金子の「次期殺害候補」の代理店の奴の話を聞く。熱心に語られると、確かに殺るべき対象のような気もしてきた。

だが、その男と実際に会ったことのあるのは今のところ金子だけなので、全員が見てから判断しようという話になった。

それが決まると、もう他に「候補者」はいないので、前回の辻の件の反省会になった。

「指示した通りにやってもらえましたか？」

静枝が質問すると、三人の男は一斉に頷いた。

「?」

小森だけは、四人全員の顔を順に見てしまった。

「どういうことだ?」

「場所もですけど、あのときの動きも静枝の指示通りに僕ら動いたんです」

北沢が代表するように答えた。

なるほど、殺人の先輩である北沢の彼女の指示に内海も金子も従ったわけか。

心の中で納得した小森を見透かすように金子が続けた。

「高速のパーキングで運転手を殺ったときも静枝の指示です。誰が殺るか、静枝が決めました」

静枝はただのマネージャーではないようだ。作戦も決めているらしい。

(意外だな)

と小森は思ったが、よくよく考えて大変なことだと気づいた。この二十歳の娘は自分の手を汚さずに三人の男を殺したことになるのだ。マネージャーどころか首謀者ではないか。

そんなことはお構いなしに、雑談になって美香のバレエの発表会に行くことと、また敏宏の応援に行く相談を始めている。

明るい、本物のサークルのようだ。いや、これもそうなのだ。殺人を通して仲間意識を高めるというサークルなのだ。

九時にはこの建物から出なくてはならない。八時四十五分に、次の予定を決めて会を閉めた。

帰る段になって、静枝が妙なことを言った。

「今日は金子さんと帰るね」

金子は嬉しそうにしているが、他の二人は仕方ないという風に頷いている。

(北沢、いいのか?)

小森は北沢の顔を見た。

それを察して、静枝が小森の方にきて言った。

「私、北沢君とつきあう前から金子さんと内海さんとつきあってるんですよ。今は三人順番に泊まってもらってるんです」

この三人は静枝を中心に結びついているのだ。小森はしばらく静枝の言葉を信じることができなかった。からかわれているのかと思ったのだ。

だが、静枝の表情は変わらない。

小森の表情から、かなり動揺しているのが知られたようだ。

「先に行ってて」

静枝が指示すると三人の男たちは部屋を出て行った。

「すみません課長、黙ってて。私そういう女なんですよ。あの人たちもそういう男たちなんです。私は淫らな女で、あの人たちは私が他の男と寝ているとわかってても私から抜けられない男たちなんです。だから結構うまくいってるんです。それにあの人たちは絶対に課長を裏切りません」

静枝を見たまま小森は唾を飲み込んだ。

「どうして？」

「私が課長のことを一番好きだって知ってるからです。私の父の話をしたことありませんでしたか？　浮気ばかりするどうしようもない男。母は哀れでした。私にとって課長は理想的な男性なんです」

突然の愛の告白なのか？

小森はとまどった。

「帰りましょう、時間ですから」

小森と静枝は一緒に建物を出た。男三人はすでに駅に向かったらしく、表で待ってはいなかった。

二人は並んで歩いた。小森は何も話せなかった。

「ですから、私たち四人を信頼してくださって結構です」

「わかった」

かろうじて小森はそれだけ答えた。

静枝は話のトーンを変えた。

「課長、エッチな想像してるんでしょう？　私とあの三人のこと」

「え？　いや……」

「教えてあげますよ、なんでも。北沢君と私のこと聞いて喜んでたじゃないですか。確かに彼は童貞でしたから、大変でしたけど、今は慣れましたよ。そうそう、この前の伊豆の山の中の試射のときも、私順番にセックスしたんですよ、山の中で」

まだ最初の頃の話のショックの余韻が残っている間に、次から次に話を聞かされて眩《め》暈《まい》がした。

「でも私不倫はしませんよ。父の浮気で苦しんだ母を見てきましたから。だから、課長とも寝ません。人を不幸にするのは嫌だから。私は、人は殺しても不倫はしません」

静枝の笑顔が眩しかった。

小森にはようやくＫＳＣの輪郭が見えてきた。どうやらボスではいられるようだ。

21

警察はどうしているのだろう？

小森は一連の殺人事件の報道に、常に注意を払っているが、不安を覚えるような記事は見当たらなかった。

最初の「ロバ女」小鹿麗子殺害は、最近では事故ではないかと思われている。容疑者すべてにアリバイがあったからだろうが、そもそもこの事件の本当の動機がわかっていない以上、警察の捜査は見当違いで終始したろう。その上で「事故」だ。

（誰も傷つかない結論だな）

そう小森は思っている。誰もというのは、殺されたロバ女も含めての話だ。殺されても仕方ない嫌な女だった、ということが世間に知られるよりいいだろう。

その後の拳銃による一連の事件は、どうしても暴力団がらみの線を崩せないようで、捜査陣は迷路で立ち往生している。

このままでは、「普通のサラリーマン」小森正一は、どう転んでも捜査線上に浮かぶことはないだろう。

辻殺害に至っては発覚すらしていない。

これは完全犯罪としては理想だろう。何も起こってないのだから。

それを考えるとKSCは頼もしい存在だ。

小森一人で行った殺人は、思い返せばかなり荒っぽいものだ。ただ運がよかっただけで、ここまできている。

死体を処理し、「失踪」の状況証拠まで揃えるにはチームが必要だ。

「正しい殺人」を継続させるには組織が必要なのだ。

小森は、関わる人間の数が増えるのは危険だと思っていた。だが、考えをあらためるのは小森の方らしい。

KSCの中心は小森だが、静枝の存在は、当初考えていたのとは比較にならないほど大きなものだった。それを知ったときの小森のショックはまだ尾を引いている。

細かいことまで気がついて、先回りして仕事を処理してくれる静枝を、できるOLだとは思っていたのだが、実は影のリーダーだった。

(俺は『お飾り』なのかな?)

一人になるとそう考えてしまう小森だが、メンバーと顔を合わせると、その危惧は消えた。「教祖を見る目」はむしろ次第に彼らの表情の中で輝きを増している。

北沢、内海、金子の三人の男を結びつけているのは、小森への「信仰」と静枝の「肉体」だ。

（オカルト的だな）

小森は自分の置かれた状況を冷静に分析している。

三人の男たちは会社の同僚という以外、育った環境や趣味などでの共通項は見つけられないが、「殺人」と「セックス」で結びついている。

一般的には考えられないことだろう。異常な関係だ。だからこそ強固なのだ。

静枝を中心にして等距離で男たちが横並びにサークルを作り、自分はそれぞれと等距離で頂点にいる。小森はそんな錐体《すいたい》を想像している。

22

ＫＳＣの第三回の会合に顔を出した小森はまた驚かされた。

新顔がいたのだ。

それは小森が辻に会社の廊下で殴られたとき、割って入って辻を羽交い絞めにした尾西だった。

他のメンバーとともに先にきていた尾西は、小森が部屋に入っていくと神妙な面持ちで頭を下げた。

当惑して立ち尽くすしかない小森に静枝が説明する。

「課長、入会希望者の尾西さんです」

名前は紹介されるまでもない。だが、どういうことだ？　小森は一瞬、何から尋ねていけばいいのか迷った。

「尾西さんは以前から入会を希望されてまして……」

静枝が始めた話は、あらためて小森が舌をまくものだった。

辻の事件のときに、尾西があの場に現れたのは偶然ではなかった。全部仕組まれていたことなのだ。

どうやら、

「小森課長が、辻は無能だと言っている」

と、辻の耳に入れたのは静枝らしい。直接そうしたのか、誰かを介して伝えたのかは説明されなかったが、とにかく静枝はそう仕組んだ。

辻の浅はかな性格を見越してのことだろう。静枝は次の辻の行動を読んで、尾西を配した。尾西にとっては入会試験だったのだろうか、彼は静枝の指示通りにあの場では動いた。

もちろん尾西も辻を殺すべきだと思っていたのだろう。

そういえば、あのとき会社の会議室に辻を拘束しているところへ、内海と金子が現れて交代を告げると、尾西は残念そうな顔をした。その後の辻の運命を知っていたのだろう。大嫌いな辻の死に様を見たかったのかもしれない。

あのときはその表情を不審にも思わず、仕事に戻るよう促した小森だったが、思い返せば部屋を出て行く尾西の態度は残念そうな表情とは裏腹に素直なものだった。

「教祖」の命令に従ったのだ。

「入会希望者というと……」

小森は誰に問いかけるでもなく口を開いた。

「まだ入会を認めたわけではありません。まず会長の方から尾西さんに質問等あればお願いします」

(会長？……俺か)

口頭試問のようなことをして、入会を許可するかどうか判断してくれということだろう。ここまで知られていて、許可も何もない。仲間に引き込まないことにはサークルにとって危ない存在になってしまう。

小森は気になったことがあって、尾西にではなく静枝にそのことを尋ねた。

「辻を廊下で取り押さえてくれたのは、尾西君以外に二人いたと思うんだけど、あの二人は？」

「あの二人は偶然尾西さんと行動を共にしただけの人です。何も知らずに」

その答えに小森は無言で頷いた。

「会長、取りあえずおかけになったらいかがですか」

内海に言われて、自分だけ突っ立っていることに気づき、小森は椅子にかけた。

あらためて尾西と向き合う。他のメンバーも小森が尾西に何を問いかけるか注目している。

「尾西君は……」

「はい」

小森の言葉への反応のよさが、この男の意欲を感じさせた。

「尾西君は辻には日頃から怒りを覚えていたようだね？」

「はい。それはそうですが、私があのとき及川さんの指示に従ったのは私怨からではありません。いわば公のために排除すべき男だと思っていたのです」

この男もバカではないようだ。小森の質問の意図を汲んだ上で答えている。

「どうして辻をこの世から排除すべきだと考えたのかね？」

「はい。あの男が周囲に不幸を振り撒いていたからです。私はあいつと働いていましたが、大事な取引先を接待する席で女からの電話に出た、なんてのは序の口なんです。あれはまだ可愛い方というか、わかりやすくて例にあげるのにいいというぐらいなことで。とにかく無責任だし、平気で嘘を吐くし。嘘というのも他愛のないものではありません。仕事の上で重要な書類を先方に送っていないのに、送ったと嘘吐くものだから大変なことになるんです。なんのために吐いてる嘘か、意味がわからないでしょう？　その場で自分が叱られなきゃいい、という小学生以下の嘘なんです。それに周りが振り回される」

聞いている他のメンバーもしきりに頷いている。自分たちの死刑執行は間違いではなかったと再確認しているのだろう。

小森もそうだった。

「辻」という名前を耳にするたびに、顔を変形させて地面に横たわっていた姿が浮かんでくる。普通なら気分の悪くなる光景だが、むしろ溜飲が下がるというか、スカッとした気分だ。

「辻を排除したことで社内の人間は少しだけ幸福になったわけだ」

小森が多少満足げに言うと、それは違うという表情で尾西は早口にしゃべり始めた。

「社内の人間だけではありません。辻は下請けや納入業者に対する態度が異常にでかかったんです。仕事をもらう立場のときに態度悪かったのが、逆の立場でもっと悪いなんてのは最悪でしょう？　要は辻は誰にも頭を下げない男で、会社への帰属意識もないくせに、弱い立場の人には会社の看板背負って威張り散らしたんです。私なんか、しょっちゅう下請けから泣きつかれました。辻さんをなんとかしてくださいって」

「よかったじゃないか、なんとかしてやれて」

小森が言うと、その場にいた全員が笑った。

尾西の正義感はメンバーとして申し分ない。その思いを込めて、小森は目の合った静枝に頷いてみせた。

あとの入会資格については小森は関知しない。尾西はまだ誰も殺していない。次の機会は尾西が拳銃を手にすることになるだろう。

あと一つ、静枝とのセックスは？　やはり殺人とセットになった入会資格なんだろうか？　小森は探るようにメンバーの表情を見たが、何もわからなかった。

その日は次の殺害候補者について議論された。

メンバーは熱心に語った。会社の会議など比べものにならない白熱ぶりだ。尾西も新参者の気後れを露ほども見せずに発言している。

その中で、小森は寡黙になっている。

自分の発言の重さに気づいたからだ。他のメンバーほど活発に発言するには立場が違い過ぎる。小森が口を開けば、他は耳を澄ませて注目するのだ。

（ますます『教祖様』だな）

小森は心の中で苦笑した。

議論の末に次のターゲットに選ばれたのは、例の広告代理店の男だ。議論の中で「タカヒロ」と呼ばれているので、名前かと思ったら、「高広」という苗字らしい。

小森はこの男には会ったこともない。顔も知らない男の生殺与奪の権を握っているのは妙な気分だ。

高広を知るメンバーは、とにかく「不幸を振り撒く男」ということでこの男の処刑を求めている。

しばらく議論の様子を眺めていると、

「そろそろ時間ですから、締めていただけますか?」

静枝の方から議長でもある小森に発言を求めてきた。

自分の発言の重さを知った以上、小森が口を開くのに間ができてしまう。その沈黙の間がさらに緊張感を呼んで、小森の声を「神の声」にしてしまう。

「議論を聞いた限りでは、高広という男を処刑するのに異存はない。だが、顔も見たことのない男だ。少し時間をくれ。こちらでも調査してみよう。くれぐれも先走らないように。みんなの正義感には信頼を置いているけれども、必ず相談してから行動しよう」

成文化されていない規律が生まれていた。メンバーにとって小森は「教祖」だが、小森にとってもメンバーは命をかけて信頼できる相手だ。新メンバー尾西の出現も、小森は驚いたが腹を立ててはいなかった。選んだ理由はあとから聞くが、彼らが選んだのなら間違いはない。

解散前に、

「くれぐれも仕事優先だからな。仕事に支障をきたすような真似はしてくれるなよ」

とあらためて念を押してメンバーとは別れた。

23

広告代理店白陵社《はくりょうしゃ》の高広を調査しなければならない。

仕事の合間に北沢とそのことについて話す。

「北沢は高広の顔見たことあるのか？」

「ないです。金子さんと尾西さんはあるらしいですが」

最初はいちいち会話に要領を得ないところがあった北沢だが、今では円滑な会話ができるようになった。

「しかし、あれだろ、代理店にとってはこっちはクライアントでしかないわけだからな。その二人も嫌な思いをしたわけでもないだろう？」

当然の疑問だった。そもそも高広が殺害候補にあがったこと自体がよくわからない。

「いやあ、僕も嫌な奴だと聞いただけで」

「嫌な野郎ってだけで殺すわけにもいかんぞ」

「ですから、あれですよ、周囲をやたら不幸にしているのがわかったってことなんじゃないですか」

「ふーん」

北沢にこれ以上聞いても無駄だろう。

小森は考えた末、大高に聞いてみることにした。

携帯の留守電に吹き込んでおくと、十分もしないうちに大高から電話が入った。

「よお、元気か？　電話もらったみたいだな」

「うん、ちょっと聞きたいことがあってな。大高は、白陵社の高広って男知ってるか？」

「白陵社の高広？　知ってるも何も、この前言ったろ、ドラマの仕事でわけのわからないアヤつけてきた奴、そいつだよ」

そういえば同窓会で聞いた覚えがある。脚本ができているのにシノプシスを書けとか言った代理店の男というのが、高広だったのか。

「高広がどうかしたのか？」

大高の声はすでに不快げだった。

「嫌な奴らしいな？」

小森の問いかけに、大高の答えが返ってくるまで数秒あった。

「今まで出会った中で一番だな。一番嫌な野郎だ。殺せるものなら殺してやりたいよ」

（いいぞ）

小森は嬉しくなった。殺してやりたいと思っている人間が多ければ多いほど、小森たちの「正義」が証明される。

「今は、その高広とは縁がないのか？」

「ない。もう二度と会いたくない相手だしな。高広がどうかしたのか？」

「いや、あらためて聞くのもなんだけど、どんな奴なんだ？」

それからは大高一人の長ゼリフを聞かされているようなものだった。小森は大高がどこでしゃべっているのか不安になった。それほど語りに熱が入っていたのだ。

大高によると、高広は第一印象が嫌な奴だけでなく、陰謀を巡らす陰険な男らしい。脚本ができている段階でシノプシスを寄こせと言い出したときも、スポンサーの耳元で脚本の出来がよくないだの、このままドラマ制作を進めれば結果は見えているだのと吹き込み、企画自体を白紙に戻させてしまった。その上で自分がプロデューサーになって他の企画を進め始めた。要は他人の仕事を乗っ取ったのである。

「だからな、代理店が中間で制作費抜くのは構わんよ。それが仕事だろう。汚い手使ってクライアントを取り合うのも勝手にやってくれ。だけどな、何の才能もないんだから、現場に口出すのはほどほどにしてだな、あと、名前をほしがるなってことだよ。利だけ取って満足してろよ。何も貢献してないのにプロデューサーという肩書きをほしがるんじゃないよ。だってな、これは他の代理店の奴だけど、芝居やるときに、スポンサーに渡すチケット寄こせって言うから渡したら、クラブの女ばかりがその席にいたよ。あいつら飲み屋で『俺がプロデュースした芝居だ』かなんか言いふらしてやがるんだ。とんでもない話だよ。その中でも高広は最悪。あいつは人間じゃない」

言うだけ言って、大高は落ち着いたようだ。

「その高広って奴に会ってみたいんだがな」

「どういうことだ？」

大高の疑問は当然だろう。さんざん悪口を聞かされた男に会いたがるのだから。

「いや、そいつに天誅を加えようと思うんだ」

小森は冗談めかして言った。

「ああ、ブチ殺してもかまわんぞ。恨んでる人間は山ほどいる男だからな」

と、大高はこれも冗談めかして言った上、小森が高広に会えるように段取りすると約束してくれた。

大高の動きは早かった。

その週のうちに電話してきたのだ。

「知ってる制作会社がドラマの仕事を請けたんだが、スポンサーに高広が食い込んでいるらしいんだ。例によって台本にアヤつけてきてるってさ。関係者の顔してれば会えるぞ」

「いいのか？」

「かまわないよ。知り合いのプロデューサーも、もう高広にはキレかかってるから、大歓迎だとさ。天誅加えてくれるんだろう？」

そのドラマに関わる全関係者が集まる会議が二日後にあるという。しかも午後六時からだ。会社の仕事を終えてから顔を出せる。

小森は北沢も連れて行く段取りをつけた。

当日。会議の始まる十五分前に大高と待ち合わせて、まず北沢を紹介する。それからあらためて大まかな事情を聞いた。

「今度のドラマというのはテレビといっても、ケーブルで流すやつだ。スポンサーもドラマに関わるのは初めてなんだ。大した予算の仕事じゃないんだが、ケーブルテレビやインターネットで流すドラマはこれからどう伸びるか未知数だ。白陵社の事情というか、高広自身が食い込んでおきたい分野なんだろうな。奴は何本かのドラマにプロデューサーの肩書きで関わってきて、自分でドラマがわかってると思いあがっているわけだ。現場も知らずに舐めてやがる。自分は玄人で、周りは素人だと思ってやがるのさ」

大高は説明している間も憎々しげだ。小森の方は冷静に質問する。

「で、今回高広はどういう立場にいるんだ？」

「ドラマ制作の外側にいる。スポンサーのアドバイザーみたいな位置だ。この企画は元々高広が顔を出してくる前に、俺の友人のプロデューサーが通した企画だ。脚本も俺の知り合いが書いてる。いわば走り出した企画にあとから首を突っ込んで、自分の企画に変更させてしまおうとしてるんだから、かなりの力技だ。高広のやろうとしていることはそういうことなんだ。他の業界から見てもとんでもない話だろう？」

どうやら高広という男は仁義を欠いたやり方で、人の仕事を横取りするハイエナみたいな男のようだ。

大高は説明しているうちに憤慨してきたようで、鼻から荒々しい息を吐いた。そんな自分がおかしいのか、小森と北沢を見てニヤリとすると、

「奴にどんな天誅を加えてくれるんだ？」

笑わせてくれよ、とでも言うように話をふってくる。

「殺します」

小森の横で北沢が突然言った。

大高はギョッとした表情で北沢の顔を見て、続いてその横で慌てている小森の顔を見た。

北沢一人が平静である。

大高は硬い表情で声を潜めると、

「冗談だろ?」

と、半ば冗談でないのを察した様子で言った。

「本気です」

北沢は即座に答える。

小森は頭の中が真っ白になっている。北沢はそんな小森の方を向くと、

「大丈夫です。大高さんにはわかってもらえます」

(静枝だな)

北沢の目を見て、小森は直感した。

北沢は静枝に指示されてこうしているのだろう。

そう思うと、小森はこの流れに乗ろうと判断した。なぜか静枝の作戦通り動けば安全な気がする。

「そういうことだ」

小森は冷静な声で、大高に言った。

数秒の沈黙があった。

大高の気持ちは手に取るようにわかる。何から聞けばいいのか、考えがまとまらない

のだ。

「大高さん」

そのとき、小森の知らない男が声をかけてきた。

「ああ、小森、紹介するよ。今回のプロデューサーの川崎《かわさき》さん。こちらは俺の高校時代の同級生の小森と、それからこちらは北沢君」

「どうもはじめまして」

川崎は笑顔を作って挨拶してくれたが、疲れているのが察せられた。

「大変だね」

大高がそんな川崎を労《いたわ》る。

「まあね」

川崎はまた笑顔を作った。

（いい人だな）

ここまでのやりとりだけで、小森はこの人物に好意を持った。

川崎の先導でスポンサーの会社だというビルの大きな会議室に入った。川崎の後ろに席を並べて三人で座った。

「じゃあさ、三人は制作部の人間ということで紹介するよ」

川崎が振り向いて言った。

「よろしく。で、どんな状況なんだ？」

大高も最新の情報を得たがった。

「まあね、もううちのメリットはなくなりつつあるから、撤退するかどうか今日で判断するってところだな。って言うか、もうダメでしょう」

気の毒なぐらい顔色の悪い川崎が、精一杯笑顔を繕って言った。その様子に、

（この人、まだ頑張るつもりだな）

口とは裏腹な決意を小森は感じた。

「小森、来たぞ」

会議室のドアが開いて「自意識」が入ってきた。嫌な空気だ。「自意識」はまっすぐ小森たちの方に向かってきた。

初めて見る高広は、三十代後半と見える風貌で、長身をビジネスマンに見えぬファッションで包んでいた。

「おはようございます」

業界風の挨拶が鼻につく。それを受けて川崎が立ちあがり、

「高広さん、こちら……」

と、後ろの三人を紹介しようとすると、

「はじめまして」

高広は名刺を出した。大高だけが名刺を交換して、小森と北沢は遠慮する。挨拶を終えて、高広は反対側の席に向かって歩き去った。

「どういうことだ？　顔見知りじゃないのか？」

小森は大高に囁いた。

「ああ、知ってるさ」

「知らないふりをしたのか？」

「うん。つまり、相手にしないってことだろう。俺は奴にとって無用な存在だからな、今回は。平気でこういうことをするんだよ。俺なんか何回あいつに『はじめまして』って言われたことか」

「嫌な野郎だな」

高広は想像以上に嫌な男のようだ。

第一印象からして不愉快だった。何も才能のない男が妙な自意識を持っているものだから、澱んだオーラを発しているのだ。

「おはようございます。川崎さん早かったですね。あ、大高さん」

気がつかないうちに部屋に入ってきていた男がすぐ横に立っていた。こちらは高広とは対照的に自意識を消し去っている。

大高は小柄で眼鏡をかけたその男と挨拶を交わしたあと、小森たちに紹介してくれた。

「作家の上野《うえの》さん」

「ども、上野です」

上野はペコペコと何度も頭を下げた。つられて小森と北沢も何度もお辞儀をする。

上野はどう見ても小森や大高よりも年上だ。川崎はもしかしたら小森より年下かもしれないから、上野はこの中では最年長だろう。

（この年まで筆一本で生きてきた人がこんなに低姿勢なのに、肩書きだけで生きてきたあんたは随分な勢いだな、高広さんよ）

小森の中では殺意が完成していた。

これ以上調査するまでもない。高広は悪い男だ。

続々と関係者が入ってきて、最終的には二十人ほどで席は埋まった。

会議が始まる。

大高はノートを出して、小森と筆談を始めた。

『スポンサーサイドからのクレームは全部高広の差し金だ』

小森は答えを書く代わりに頷いた。

「上野さん、シノプシス書いてきてもらえました？」

スポンサーの方から上野にご下問だ。上野は当惑を隠せない様子で答える。

「それがですね。ええ……これ十五分の作品なんで、脚本長いもんじゃないんで、そち

ら の方を……」

「書いてきてもらえなかったんですね?」

「ああ……はい」

スポンサーが川崎を見た。どうして要求に答えてくれないんだ、という顔だ。

高広は無表情だが、勝ち誇っているのがわかる。

『シノプシスというのはあらすじ。

脚本ができる前に内容を説明するために企画書につける。

短い脚本だから読めばいい』

そうノートに書いている間も、大高は怒って息を荒くしている。

「その台本なんですけどね。十五分の独立した作品を十本ということですけど、こちらとしては連続物で、百五十分の作品を一本作るという考えの方がいいんじゃないかと思ってるんですが」

スポンサーを代表してしゃべっている男はまだ二十代に見える。高広の言いなりになっている自分にも気づいてないのだろう。

「あの……最初にお話があったのが、オムニバスで十本ということだったので、それで書いたんですけど……まずかったですか?」

上野が恐縮して答えた。それを引き取って川崎も、

「初めにそちらにプレゼンさせていただいたのが、十五分の独立した作品を十本作ろうという企画書でして、それでいこうと言うことでしたので、上野先生にはその旨ご理解いただいてお書きくださったわけでして」

と、スポンサーサイドも知っているはずの事情を説明する。

部外者の小森にも見えてきた。

まず、川崎は十五分一本でオムニバス十本のドラマの企画書を提出した。そして、それは他の競合各社の中で勝ち残り、今回の仕事を得た。

川崎は上野に脚本を依頼した。

脚本が完成して撮影に入ろうという段になって、スポンサーサイドから企画書を無視した要求が出てきている。

それは高広が後ろで糸を引いているもので、おそらくすでに高広は、

「こんなものじゃダメですよ。なんなら私がプロデュースしてあげましょうか？」

ぐらいのことを言っているのだろう。

（この若造も世間を知らな過ぎるな）

小森はスポンサーサイドを代表している男を見て思った。仕事を発注したあとの姿勢が間違っているから、こんな混乱を招くのだ。

「それと、キャスティングの件なんですけど、こちらとしては、もっと名前のあるタレ

ントを使ってもらいたいんですよ」

若造はまたわけ知り顔でのたまった。

『この予算じゃ無理。ギャラ出ない』

大高のペン先が震えている。かなりカッカしているようだ。

「それは、申し訳ないんですが、予算の面もあれですし、上野さんとも相談した上で、無名でも実力のある俳優や、若くても役柄にぴったり合う人を選んでいこうと」

川崎にとっても何度も口にしている言葉なのだろう。スラスラと澱みなく答える。

上野も、

「テレビドラマがつまらなくなったのは、名前だけで選ぶキャスティングが横行したからですよ。今度の作品は既成のテレビドラマの制約を排除したところで制作すべきだと思うんです」

と、これまでと違う強い口調で言った。

スポンサーサイドに居並ぶ連中は冷ややかに見下している。

小森はその連中にも腹が立ってきた。

(この人は少なくともお前たちより、演劇の世界を知っているプロだろう。映画や演劇を作ってきたのは、お前らに取り入ってる代理店の人間ではないはずだ。専門家はどっちなんだよ。専門家の意見に耳を貸せよ)

おもむろに、高広が口を開いた。嫌味な口調だ。

「そういうキャスティングは、結局上野さんに近い役者を使うことになるんじゃないんですか？　それは必ずしもいいこととは言えませんよ。少なくともスポンサーサイドの意を汲んでいるとは言えない。川崎さんも予算のことをおっしゃいますが、私の方でバジェット組みましょうか？　いけると思いますよ。今の予算で。浜辺アンリの事務所には連絡してもらえました？　彼女やると思いますよ」

川崎は屈辱で真っ赤になっている。

「浜辺アンリなんてバラエティの人間を何に使うんだ？」

豹変した上野がはっきり聞こえる声でそう言った。

高広は平然としている。カエルの面に小便とはよく言ったもんだ。

上野は完全にこの仕事を投げているようだ。なんの後ろ盾もなく、実力一つで生きていくためには、腰の低さと同時にこういうときに居直る図太さも必要だったのだろう。

小森はそんな上野がかっこいいと思った。

その後は平行線の議論が続いた。

煮詰まる前にと思ったのだろう。川崎が言った。

「とにかく一本目が完成した段階で、それをご覧になってからご判断いただけますか。もう撮り始めたことですし」

のか。

企画が動き出しているのにこれはないだろう。高広はここまで強引な真似をする男な
驚いて、小森は大高を見た。大高は小さく何度も頷く。

（え？　そうなのか？）

会議が終わり、五人で表に出た。

「上野さん、今回は本当にすみません」

川崎はまず上野に謝っている。

「いや、いいんですよ。泣く子とスポンサーには……ね？　ははは」

上野から凄味が消えて、最初に顔を合わせたときの腰の低さに戻っていた。それがま
たかっこよく見える。

「この様子じゃあ、一本目がどんな出来でもダメが出ますよ」

大高がみんなの思っていることを口にした。

「そうだね。それは見えてるね」

川崎も諦めているようだ。

「川崎さん、自分のところで被るつもりですか？　ギャラとか」

続く大高の問いには無言で首を傾げる川崎だ。

「あの、差し出がましくて申し訳ないんですが、どっか入りませんか？」

小森が遠慮がちに言うと、

「あ、そうですよね。気がつきませんで。行きましょう、行きましょう。知ってる店ありますから」

川崎が先頭になって、近くの縄暖簾をくぐった。

席に着いて、大高があらためて小森と北沢を紹介した。

「この二人にいろいろ聞かせてやってくださいよ」

大高が促すと、川崎も上野も嫌な仕事のことを忘れたいようで、

「いいですとも。何を聞きたいんですか？」

と上機嫌で川崎が答えれば、

「なんでも聞いてください」

と、満面の笑顔で上野も答える。そこで、

「さっきの高広のことなんですが」

北沢が愛想もなくいきなり聞くと、場は一気にシラけ、

「ああ、あれね」

川崎は苦い顔をした。

しばらくストップモーションのような間があって、

「何が気に入らないってね」

上野が突然饒舌になる。

「そりゃ、いいよ。何もしないで金持っていくのは。それが代理店の仕事だ。スポンサーから金引っ張ってきて、ドラマでも映画でも作らせてくれるんだからさ。手数料取るのは当たり前っちゃ、当たり前だよ。だったら、そこに矜持を持てって言うんだよ。プロデューサーだのなんだの名前ほしがるんじゃないよ。小さな役に自分のちょっかい出してる女の子連れてきたり、女優に声かけてもいいよ。好きにして。でもさ、それは大手広告代理店白陵社の看板背負ってできることであって、自分の才覚でもなんでもないじゃん。それなのにさ、奴ら自由人を気取るのさ。企業からはみ出した人間を気取るのよ。だったら、名刺ばら撒くなよ。『白陵社』の紙袋を見せびらかしながらエレベーターに乗ってくるなっての。いざとなったら、会社とか権威にすがるくせにかっこつけるんじゃないよ。と、こういうことですかね」

上野が賛同を求めて川崎と大高にふると、二人はごもっともと頷きながら拍手した。

「中でも、高広ってのは特別ですか？」

小森がすでにわかっていることを確認するように聞いた。

「そう。あいつは特に可愛げがない」

川崎が言い、

「俺、五十年近く生きてきて、一番だね。一番嫌な野郎だ！」

上野が吼《ほ》えた。まだ飲んでないはずなのに、酔っ払いのテンションだ。

「この二人が高広に天誅を加えてくれるそうですよ」

大高の言葉に、川崎と上野は再び笑顔を見せた。

「いいねえ、どういう天誅？　卵ぶつける？　だったら駝鳥《だちょう》の卵にしてくれる」

上野ははしゃいで言った。

「殺します」

北沢が本気モードで答える。

今度も小森は慌てて北沢を見た。

大高は黙ってそんな二人の様子を見ている。

川崎と上野は顔を見合わせ、姿勢を正すと、

「殺るの？」

と、川崎が代表するようにして聞いた。

「殺ります」

北沢ははっきりと答えた。

小森は黙ることにした。これも静枝の指図だろう。北沢はその通りに動いているはずだ。なぜかそれに従った方が安全に思える。

「いいねえ、いいけど、殺すの大変だよ。いや、俺も脚本の中でしか殺したことないん

だけどね。結構面倒なんだよ、やり方考えるの。どういう方法を考えてるの？　手段だよ」

上野の問いかけには北沢は無言で、右手の人差し指で引き金を引く動作をしてみせた。

「あ、あれ持ってるのか。いいもの持ってるねえ。ありゃ便利だよね。簡単だわ。あとはあいつの捨て場所だな。奴は大きいよ」

愉快そうに上野はしゃべった。落語家のような軽い口調だ。

「場所はあります。絶対に知られない場所です」

答える北沢は対照的に事務的な口調だ。

乗り出すような姿勢で北沢の言葉を聞いていた上野と川崎は、背もたれに背中をつけると再び顔を見合わせ、

「いいね、いいね」

と、どちらからともなく声に出して喜んでいる。

「あと必要なのは、皆さん方のお力です。われわれに協力してください」

北沢はそう言って頭を下げた。その姿に、つくづく立派になったものだと思う小森である。

「という話なんだ」

小森は三人に向かってそれだけ言った。

「本気なんだな？」

　大高は先ほど聞けなかった質問をぶつけてきた。

「本気だ」

　小森は短く答える。

「バレないという話なら、いいんじゃないですかね。喜ぶ人は多いと思いますよ」

　川崎は考えをまとめながら、自分に言い聞かせるように言った。

「喜ぶ人がいる。それなんですよ」

　小森はKSCの精神をここで語るべきだと考えた。

「昔、と言ってもわれわれが学生の頃、まだ自動改札機なんてない頃ですよ。毎朝改札を抜けていく人みんなに『おはようございます』と挨拶している駅員がいたじゃないですか」

「ああ、いたなあ、ニコニコしてる駅員さん。私は学生の頃、西荻窪に住んでたんですけどね、中央線の。いましたよ西荻の駅に」

　上野が懐かしそうにして言った。

「でしょう？　そういう駅員のいる改札を通ると、人は少しだけ幸福になると思うんですよ。ほんの少しだけ。でも一日にそこを通る人は大変な数でしょう？　すると一人一人の幸福はわずかなものでも、それを積み重ねると、人の命をいくつか救ったぐらいの幸福になるんじゃないか。その駅員さんは大変な善行を積みあげてるんじゃないかと思うわけです」

「ええ話や」

となぜか上野はここだけ関西弁で言い、

「ほんまや」

と川崎も関西弁で相槌を打った。

「世の中には逆もあるでしょう？　職場でも学校でも、一言多い奴。そんな風に言わなくてもいいじゃないって奴。毎日一度は人を傷つける奴」

「いるなあ」

川崎が先に反応したが、

「いる！　もうそんな奴は絶海の孤島に一人で暮らしてほしいよね」

上野のリアクションの方が大きかった。

「そういう奴は、さっきの駅員の話とは反対に、言葉で人を二、三人殺しているぐらいになるんじゃないか。小さな不幸を振り撒いて、積み重ねたらそれぐらいの悪行になるだろう、と。多分三人以上人を殺せば……」

「死刑ですね」

上野が一つ頷いて答えた。

「死刑だな」

川崎も天井を見あげてそう呟いた。

「そういうことかあ」

大高も納得したようだ。

小森と北沢は顔を見合わせて頷き合った。

「そういうことでしたら、奴は明らかに死刑ですよ、死刑。もうどうしようもないもの」

上野の声には力がこもっている。

「今日、大高さんに『はじめまして』かなんかぬかしませんでしたか？　あいつ」

川崎に言われると、

「そうそう、言いやがったよ、奴は」

大高もあのときを思い出して憎々しげに言い、

「そうかあ、言いやがりましたか、奴は。死刑は免れんなあ」

上野は目をつぶって頷きながら言った。

この日、彼らの全面的協力の約束を取りつけて解散した。

帰宅して、湯船につかりながら、小森は今日の出来事を反芻した。

北沢の言動は意表を衝いたものだったが、結果に間違いはなかったように思える。おそらく静枝は、大高たちの反応を予測していたのではないか。そしてそれは正しかった。

（大したもんだ）

静枝には毎回驚かされる。

北沢は静枝の部屋に帰って行った。今夜は北沢が静枝を抱く番なのだ。そして今日の報告もしているのだろう。

（次はどう出るのだろう）

こうなると、小森にも予想がつかない。KSCは小森が首領だが、実際に取り仕切っているのは静枝なのだ。

当初からすると、随分状況が違ってきた。だが、この形の方がよいと思う小森だった。

小森自身の負担が軽減されているのは確かなのだ。

24

KSCの第四回総会は、高広殺害についての具体的計画作りに終始した。

大高を通じてもたらされた情報から、入念に計画を練る。

まず、高広の愛人の存在が明らかになった。浜辺アンリと同じ事務所に所属している若い女優である。若い女優志願者を受け入れてやる代わりに事務所に仕事を回せ、というバーター取引が、その事務所と高広の間で交わされているのだろう。

そのやり方も小森たちの正義感を刺激した。もう誰も高広を殺害することに躊躇していない。

高広には妻子があった。家庭内離婚状態らしいが、それでもおおっぴらに愛人の部屋に行くわけではないだろう。行く先を誰にも告げずに行く場所があるとすれば愛人の部屋だ。そこに奴の隙がある。

つまり愛人の部屋に向かう途中か、部屋から出てすぐに標的が行方不明になっても、誰にもわからないという話だ。

突破口が見えてからは、トントン拍子に話が進んだ。

大高たちをどこまで巻き込むかも議論された。殺害場所までつきあわせるべきか、それとも何も知らない方が本人たちにとって幸せなのか。

共犯にするか、第三者にするか。

「ある程度関わったら、第三者というわけにもいかんだろう？」

という意見に対し、

「殺害現場を見たら怖くなって、誰かに話すんじゃないか？」

という懸念も指摘された。

だが、結局三人と実際に会った北沢と、北沢からその日のうちに報告を受けていた静枝とが、

「高広の死を望む気持ちは、むしろわれわれより彼らの方が強い」

という判断を示し、彼らには共犯になってもらうことになった。

この議論の間、小森は一切口を開かなかった。自分の発言が結論になることを知っているからだ。

川崎の努力で、高広の行動パターンが読めてきた。

いつ愛人の部屋に行くか。

呆れたことに、ほとんど毎日のように愛人のマンションに通い、深夜帰宅していることがわかった。

深夜にばったり顔を合わせては、相手も警戒するだろう。

ところが、土曜日だけは午後早くに愛人のマンションを出るらしい。金曜の夜には泊まり、翌日の夕食は日頃の償いのように子供とテーブルを囲むのだろう。

「そんな父親なんかいない方が幸福よ」

珍しく静枝が怒った。自分の幼少期の思い出と重ね合わせたのだろう。

この土曜日を狙うことになった。

川崎と上野に高広拉致の仕事を任せた。奴は二人を見下している。そこにつけ入るのだ。

決行の日。

KSCは全員行動した。指令本部は静枝である。

高広は午後一時過ぎに愛人のマンションを出た。偶然を装って川崎と上野が声をかける。

「うちの方でタイアップをとったお店のオーナーが資産家でしてね。うちの企画は流れたけど、高広さんの方の企画にもぜひ乗りたいって言ってるんですが。ちょうどいいから、ちょっと会っていきませんか？　すぐそこです」

と言う川崎と、

「そういえばこの辺にあの子住んでるはずなんだよね。なんて言ったっけ、ほら浜辺アンリの事務所のほら……」

と、横でぶつぶつ言う上野の絶妙のコンビネーションで、まんまと高広は川崎の案内する車に乗った。

運転は大高である。助手席には上野。後部座席の右側に川崎が座り、左側に高広が座る。しばらく走ったところで突然左側から北沢が乗り込み、高広を両側から挟む形になった。

これで作戦の半分以上は成功である。

残りの小森、内海、金子、尾西は、例の辻の殺害現場である廃屋で待機した。

車の中では高広はずっとしゃべり続けたらしい。

「お前らこんなことしてどうなるかわかってるのか？　俺は組関係にも顔が利くんだ」

うるさく喚くので、二、三度上野が殴ったようだ。少し意外な気もするが、あとで本人が言うには、

「いや、私、助手席だったですから、ほら北沢君は真横に座って奴の左腕を押さえていて、川崎さんは右手でしょう？　私しか殴れなかったんですよ。大高さんは運転中ですから……すみません、一番力のない私が殴ったんで、効かなかったですねえ」

四人は無言で走り続けた。しゃべったのは、やはり上野が一言、

「こういうときはＥＴＣって便利ですねえ。助けが呼べないから」

と、高速の入り口で言っただけだという。

無事処刑場に着いた。

あとは死刑を執行するだけである。

八人の男に囲まれ、さすがに高広も不利を悟ったようで、強気の発言はしなかった。

「誰に頼まれた？　金ならやるから帰してくれ。川崎さん、あんたのところに仕事回すよ。な、帰してくれよ。この人たちに言ってくれよ」

今回は、辻の場合と違って、いきなり殺すのはやめようということになっていた。辻は自分がなぜ処刑されたか理解しないままに死んだ。いや、自分に何が起こったかわからないままではなかったか。

今回は自分の死ぬ理由を本人にわからせるつもりだ。

「昔ね、そんなに昔じゃないよ。俺が学生の頃、自動改札機なんてなかった頃さ」

小森が話し始めると、高広はポカンとした顔で小森を見た。そして、

「何言ってるんだ？　あんた。第一あんた誰だよ」

と、喚いた。

「黙って聞け！」

大高に一喝されて高広は黙った。

小森は駅員の話を続けた。

小さな善行の話が終わり、今度は小さな悪行の話になった。

それでも高広は何を聞かされているのかわからない様子だ。そうだろう。この考えを自分で持てるような男だったら、これまでのような生き方はしてこなかったろう。

小森の話は佳境に入った。

「そんな奴に相応しい罰はなんだと思う？」

この問いかけに、高広は答えられない様子だ。周囲をキョトキョトと見回している。

「聞いてるのか？」

　川崎が言った。

「え？」

　高広は錯乱の一歩手前のようだ。

「だから、嫌な性格のお前みたいな奴がだな、周囲を少しずつ不幸にして、その不幸を積み重ねていけば人を二、三人殺したぐらいになるだろう？　三人殺せば立派に死刑だよな。だから、そういう人を傷つけたお前みたいな奴に相応しい罰は何かと、こういうことだよ」

　上野が高広の顔のすぐそばで言った。

「俺は誰も傷つけてない」

　高広が答えると、

「えー！」

　周囲の男たちが声をあげた。

「俺は傷ついたよ」

「俺も」

　と、川崎と上野が言い、

「俺は怒ったね」

と、大高が言った。

他のメンバーも、

「愛人作って奥さんはどうなの?」

「子供はどうなんだよ? 子供の立場は」

「汚い手口で仕事横取りしてりゃあ、恨む人間もいるだろう?」

「なんの才能もない上に努力もしないで、偉そうなことほざいてりゃ、反感買うだろう」

とほぼ同時に口にした。真ん中で高広は泣きそうな顔をしている。

「死刑!」

小森が叫んだ。

「え?」

泣きそうな顔のまま高広は小森の顔を見た。

「だから死刑だよ、お前は」

「無茶だ! 無茶だよ。無茶苦茶言ってるよ」

首を振りながらそう言った高広が、息を大きく吸って助けを呼ぼうとしたとき、

「ギャ!」

高広の後ろから尾西がサイレンサーつきの拳銃で腰のあたりを撃った。

弾は貫通して腹に穴が開いたようだ。高広は地面に転がった。だが、まだ意識はあった。

「この！」

川崎が高広の後頭部を蹴った。

「お前は本当に嫌な奴だったなあ……あ、まだ生きてるけど。……苦しい？　……苦しいか、でも全然同情できない。悪いけど」

上野は高広の顔のあたりにしゃがみこんで話しかけている。

「……ママ！」

離れて立っている小森にも聞こえる声で高広が言った。

「何？　聞いた？　ママだって、やっぱこいつマザコンだよ。教育だな、教育がよくなかったよ」

言いながら上野は高広の顔を踏んだ。

見ている小森はやり過ぎかなとも思ったが、あの会議のときの高広の高慢な態度を思い出すと、もっとやった方がいいのかとも思った。

「さてと、高広、どうしてほしい？　ひとおもいに楽になりたい？　それとも子供に伝えてくれ、とかある？」

「た、助けて……」

「あ、それはできない。それだけはダメなんだ。それ以外で」

上野は楽しそうに、死にかけている高広をおちょくっている。

「ほっといても死ぬだろう？」

大高が高広の傷の具合を見て言った。

「そうですけど、この調子じゃ二、三時間は生きてると思いますよ」

内海が答えた。

「この井戸深いよね？」

井戸を覗き込んで、川崎が言った。

辻の死体が投げ込んであるのだが、それが見えないほど井戸は深く暗かった。

「このまま投げ込んでもいいんじゃないの？」

川崎がこともなげに言った。

(この人、結構すごいこと言うなあ)

人のよさそうな風貌からは似合わぬ提案である。

元々、小森は悪い奴をこの世から排除するのが目的であったから、苦しめるのは本意ではない。だが、自分の発言の重さを自覚している今、簡単に口を開けなかった。

「そうですねえ、ここから助けを呼ぶのは無理だろうし、這いあがるのも当然無理ですね」

金子も井戸を覗き込んで言った。

どうしたものか？　と全員が小森を見た。

「川崎さんは生きたまま投げ込みたいわけですね？」

あらためて小森は川崎に聞いた。

「それぐらい苦しんでも自業自得だと思うんですけど」

「そうですよねえ。川崎さんところは、こいつのせいでえらい借金背負ったわけですもんね。私も投げ込むの賛成！」

高広の顔のすぐそばで上野が言うと、

「うー、やめて、た、す、け、て」

と、高広が反応した。まだ意識はしっかりしているらしい。

「だから、それだけはできないって」

上野が普通の口調で答えている。

「静枝に聞きましょうか？」

金子が提案した。

「そうだな、そうしよう」

小森も助け舟を出された思いだ。

北沢が携帯電話で静枝に指示を仰いだ。

「わかった」

電話を切って、北沢は高広に近づくと、

「あんたの子供の誕生日は？」

と質問した。

（そんなことまで調べていたのか）

小森はまた驚かされた。

高広は長女の誕生日はクリアしたが、次女の誕生日を答えられなかった。

高広は、頭から井戸に投げ込まれた。

帰りの車の中ではみんな上機嫌だった。

「やっぱ人に嫌われるようなことしちゃいかん、ちゅうこっちゃね」

上野の結論である。

「結構あの井戸深かったねえ。悲鳴が途切れるまで数秒あったもの」

川崎が感心している。

「だから、あれでとどめさしたかもしれないなあ」

大高は運転しながら言った。

「それは残念だな。もっと苦しめてやりたかった」

川崎が言うと、

「でもほら、死刑ってのは苦しめるのが目的じゃないから」

と、上野が言い、

「そう言う上野さんが一番楽しんでたじゃないですか、高広に一番近いところに陣取って」

と、大高にツッコミを入れられている。

サークルの合宿帰りという風情である。

「いやあ、いいことをしたあとは気分いいね。これで誰もあいつに苦しめられたり、嫌な思いをしなくて済むんだ」

どうやら上野は、小森が最初の殺人を犯したときと同じ感慨を持っているらしい。

それは川崎も同じようで、

「で、今度はいつ誰を殺りますか？」

と言い出した。

「そうだよ。小森、今度は誰を殺るんだ？」

大高も次も参加するつもりのようだ。

どうやら、ＫＳＣはメンバーが増えたらしい。

その夜の小森はさらに強かった。

妙子は盛んに悦びの声をあげた。

(悪い奴を片付けた日の俺は調子いいな)

妙子を見下ろしながら、小森は思っていた。

(あいつらもそうだろうか?)

北沢たちはもう一台の車で帰ったから、途中から別行動になっていた。今夜は誰が静枝の元に帰ったのだろう。それとも全員で?

静枝があの男たち全員と絡んでいる姿を想像して小森は強度を増した。

「すごい!」

妙子の声がさらに艶《つや》っぽくなる。


その後、小森は夢を見た。

夢の中で「ロバ女」小鹿麗子が目の前に立っていた。

「なんだ、幽霊か貴様!」

小森が叫ぶと、

「違う！」

と、ロバ女も叫んだ。

「違う！　私はニンゲンモドキじゃない！」

ロバ女は泣きながら抗議していた。

ニンゲンモドキというのは聞き覚えがあった。子供の頃のテレビだな、夢の中で記憶を辿ろうとする自分がいた。

もう一度、

「私はニンゲンモドキじゃない！」

とロバ女が叫んだので、小森は思い出すのが面倒になって、

「何だ？　ニンゲンモドキって」

と尋ねた。

返事はなく、それからあとは言葉がなくとも何を言いたいのかわかった。

要は、ロバ女は自分はただのＯＬで、普通の人間だった、と言いたいらしい。それに対してニンゲンモドキというのは、仕事の上とはいえ人間の心を失った奴のことのようだ。

えぐい金貸しとか？

そう。一部の銀行員もそう。

「オレオレ詐欺」とかで年寄りをだます奴?

当然そう。

子供を虐待する奴は?

当たり前。そんな奴こそニンゲンモドキ。

一部の広告代理店の奴は?

いるね。ニンゲンモドキ。

じゃあ、高広ってニンゲンモドキだったんだ?

そう。あれはニンゲンモドキ。

ああ、よかった。殺した奴がニンゲンモドキで。俺のしたことは殺人にならないんだな。でもまだまだたくさんいるわけだな、ニンゲンモドキ。たくさん殺さなきゃニンゲンモドキ。

そう思っているうちに目が覚めた。

25

ワイドショーで芸能レポーターがしゃべっている。

(ここにもいるな、ニンゲンモドキ)

リビングのソファに身を沈めて小森はぼんやりと思った。

(でもこのニンゲンモドキは殺さなくていい。誰も不幸にしてないし、芸能人のスキャンダルに興味を持って生き続けるのもご苦労なことだしな)

夢のおかげでいい言葉を手に入れた。

使命感も矜持も持たず、金だけのために仕事をしているあたりからニンゲンモドキに属する。そして家族もかえりみなくなって、自らの欲望のままに生きるようになると「殺していい奴リスト」にあがり、周囲をさらに不幸にしていることがわかると処刑されるわけだ。

これに当てはめて考えると、これまで小森に殺された連中はすべて殺されていいニンゲンモドキだった。

日曜のリビングは居心地がよかった。

ソファの上でテレビの画面に顔を向けたまま、小森は白昼夢を見た。目の前に高広が現れた。

(死んだばかりなのに、こんなところにいていいのかな?)

小森は自分が夢の中にいることを半分理解していた。

「私、ニンゲンモドキでしょうか?」

生きていた頃の高慢な態度とうって変わって、殊勝な口ぶりで高広が語りかけてきた。

「間違いないね。あんたどうしようもないニンゲンモドキだったよ」

小森の答えを聞くと、高広は涙を浮かべて頭を振った。

「そうかあ、いつからだろうなあ。いつからニンゲンモドキになってたんだろう、俺」

小森は少しばかり高広に同情した。

「就職してからじゃないのかな？ きっとそうだよ。あんたもそんなに悪い奴じゃなかったかもしれないけど、環境に染まったんじゃないの？ 悪い先輩いなかった？」

言われた高広はハッとして顔をあげた。

「あいつだ。います、私を悪い方向に導いた先輩が。くそう、あいつのせいでニンゲンモドキになってしまった。小森さん、私も仲間に入れてください。あいつを殺さなきゃ」

高広の目は澄んでいた。死んで真人間に戻れたようだ。よかった。KSCはいいことをしたのだ。

「でも、あんた死んでるからね」

小森の指摘に、

「ダメですかね？」

高広は悲しい目になって言った。

「だからさ、俺たちの仲間にならなくても、殺したい奴に取りついて殺せるじゃない？ずっと効率よく殺せるはずだよ」

なぜそんなことを俺が知っているんだろう、と思いつつ小森が言うと、

「そうなんですか？　よーし」

高広は何事か決意してこぶしを握り、小躍りしてどこかに走り去った。その後ろ姿の腰のあたりに、尾西に撃ちぬかれた穴と血の染みが見えた。

新しい週が始まった。

白陵社の高広の失踪が問題になるには数日必要だろう。最初は無断欠勤が続くだけだ。家族の方でもそうは不審に思わないはずだ。どうせ壊れた家庭なのだ。

バレているとしたら、すぐ事件になる。そうならないのは、高広を拉致して連れ去ったことを誰にも目撃されてないからだ。

辻を殺害したときと違い、今回は何も工作する必要はない。

それは静枝をはじめメンバーたちも心得ているようで、ふだんの仕事を淡々とこなしている。

木曜のＫＳＣの会合では出席者の数が増えていた。増えたのは高広殺害に加わった大

高と上野と川崎である。

三人とも晴れやかな笑顔で、他のメンバーと挨拶を交わしていた。高広を殺したことでストレスから解放されたのだろう。

会の始めに小森が、このサークルについてあらためて説明した。

まず誰を殺すか。今回から「ニンゲンモドキ」という言葉を使って語った。このことは今さら小森が説明しなくとも認識されていることなのだが、新人がいる場合のセレモニーとして会長のスピーチは必要だったのだ。

手順としては、殺していい奴を出し合い、議論した上で「殺していい奴リスト」を作る。

小森が承認すれば実行。

静枝は書式を作ってきていた。本当に小森は判を押すことになるのだ。以前冗談で思っていた通りになった。

会社の小森のデスクに写真つきの処刑リストが積まれることになった。

「会社のデスクはまずくないか？」

小森はクレームをつけたのだが、

「伏せて置きますから」

と静枝は平然と答えた。

確かにKSCのしていることは、そもそも常識の埒外《らちがい》にあるのだから、事情を知らない人間に見られても心配するほどのこともないのかもしれない。

その後は小森が発言することはほとんどないまま会合は進行した。

「やはり会則みたいなものが必要じゃないですか？」

川崎が言った。

「私書きましょうか？」

そう言う上野なら、作家だけに早いかもしれない。しかし、文書の形で残すのは危険ではないだろうか。

この小森の懸念は他のメンバーも指摘した。だが静枝が、

「パソコンの中にだけ存在する文書なら管理しやすくないですか？　プリントアウト厳禁にして、新入会員にだけ見せるようにすれば外部に漏れないと思います。その管理は私がしますから、上野さんに書いていただきましょう」

と提案すると、一同賛成した。

次回の集会日時を決めて解散する。

帰りに大高と二人で居酒屋に寄った。

飲んでいるうちに、小森は新しいメンバーと古いメンバーとでは、決定的に違う点があることに思い当たった。静枝との関係である。

これまで小森がＫＳＣに安心感を抱いていたのは、メンバー同士の繋がりに静枝との肉体関係という特殊な要素があったからである。

それが新メンバーにはない。

おそらくこれから先もないだろう。

（入会資格が変わったわけだ。歯止めがなくなるな。人数がどんどん増えていくことになるんじゃないか？）

そんな考えに取りつかれて黙ってしまった小森に、大高が話しかけた。

「心配事か？」

「……いや、今回メンバーが増えたのはいいんだ。だが、この先メンバーが増え続けると、俺の目は届かなくなって、発覚する可能性が高まるんじゃないかって、それが心配なんだ」

大高も小森の持つ不安を察していたようだ。

「まあ、これまでのことは俺は知らんが、入会資格を会則で明確にすれば、変な奴は紛れ込まないだろう。それに小森は彼らのことを信頼してこれまできたんだろう？」

「彼ら……そうだな」

小森が全幅の信頼を置いているのは、今や北沢よりも静枝であった。

そう、静枝のやることには間違いがない。

「メンバーが増えるのは悪いことじゃない」

大高は小森の表情を探るように見ていたが、自分の考えを語り始めた。

「例えば芸術の世界だと、重要なのは一人の才能のひらめきだ。他の人間の意見を容れすぎると、とんがった部分が削られて、できあがったものは面白くもなんともないものになる。俺のいる芝居の世界はそれだ。ＫＳＣの場合は違う。一番重要なのは『人選』だ。メンバーの人選じゃない。『目標』のだ。メンバーが多ければその選択は平均化されていく。その結果選ばれた『目標』なら、誰もが納得のできるものになるだろう」

大高の言うことはわかる。

「つまり間違いがない、ってことだろう？」

「そう。メンバーのコンセンサスを取ることは重要だ。その上での『実行』なら一蓮托生だ。裏切り者が出る可能性は少ない」

確かに、小森は一度植田を目標にして、間違った殺人を犯すところだった。回避できたのは偶然に過ぎない。一人の視野では見落とす事実もある。それはわかった。だが、

「われわれが破滅するには、裏切り者は一人で十分なんだぞ」

小森は初めて「破滅」という言葉を使った。これまで意識して考えなかったことだ。

「それを言ってはダメだ」

大高が強くたしなめた。

「人間には『破滅』に向かう習性みたいなものがある。お前がメンバーの前でその言葉を使うと、それに向かう誘惑に抗えない者が出てくるぞ。絶対言うな。お前は『教祖』なんだ。それはわかってるだろう？　もう意識しているはずだ」

見透かされたようで、小森はハッとした。

「何を？　何を意識してるって？」

聞き返す小森の動揺すらも見透かすような、演出家の目をして大高は答えた。

「自分が『教祖』だってことをさ」

目を見合って、小森はもう返す言葉がなかった。少年時代からつきあいのある大高には、今の小森の立場は滑稽に見えているのではないだろうか。

「だったら、そう振舞えよ。いいか、俺は三流かもしれないが演出家だ。小森を『教祖』として演出するよ。心配するな。きっとうまくいく」

「なぜそう思うんだ？」

大高の自信が小森には不可解だった。

「簡単さ。俺たちが正しいことをしているからだ」

そう答えると、大高は一息にグラスを空けた。

小森の予想は当たった。

次の会合でもメンバーが二人増えた。会社の同僚だった。しかも一人は女性だ。会員資格から静枝との肉体関係が削られたことが、ここにも現れていた。

上野が会則を作ってきた。

会則では、まず小森の唱える「正義」が謳《うた》われ、選ばれるべき「目標」とはどういうものか語られていた。そして、

「発覚した罪はすべて個人で負うこと。会に累を及ぼさない。特に会長は守る」

という条項があった。

上野の解説はこうだ。

「例えば、拳銃を所持していて逮捕されたりしたら、その拳銃で行った『処刑』を一人で全部背負っていただくということです。ですから、一人処刑した場合でも、発覚すれば十人殺したことにされるかもしれません。その覚悟をしてください。KSCの存続のためにはやむを得んということです。KSCに小森会長の存在は不可欠です。ですから、会長は絶対に守ります」

異議を唱える者はいなかった。

小森は大高の表情を読み取ろうとした。この条項は、大高が上野に言って入れさせたものに違いない。

上野の作ってきた会則はその他の細かい部分もよく考えられていた。

「えー、会員は処刑によって一切利益を得てはならない。そのような会員が出た場合は、速やかに処刑リスト最上位に該当会員を記載するものである。……これはですね、例えば、会員以外の者から報酬を受け取ったり、誰かを処刑したことによって保険金を受け取るような者がいてはならない、ということです。そういう会員は処刑しますよ、と。……わかってると思いますけど、ＫＳＣは非営利ですからね、ええ。……ＮＰＯとして登録しましょうかねえ」

会則は全員に承認された。

会費として月に五千円徴収されることにもなった。会計は静枝である。

この日は「殺していい奴」が二人ばかりあげられ、少し議論もした。二人とも小森の知らない人間だ。小森は黙って議論を見守った。

二人を「目標」とすることに異議は出なかったが、結論も出なかった。あくまで結論は小森の裁定にかかっているのだ。

「それでは最後に会長のお言葉をいただきましょう」

大高の言い方は、小森をドキリとさせた。だが、北沢をはじめ、古いメンバーも違和感を覚えるような表情は見せなかった。

小森は教祖として振舞った。

翌日の午後、小森のデスクに二枚の書類が置かれた。殺害候補にあがった二人の顔写真がそれぞれに貼られている。

小森の判が押されれば、この二人は近いうちに死ぬ。

(俺は法務大臣か?)

と思った小森は、しかし、苦笑することもできなかった。指先一つで人を抹殺するのは、大臣でも教祖でもない神にだけ許される所業ではないのか?

会ったこともない二人だが、殺されても仕方のないニンゲンモドキらしい。死ねば多くの人が小さな不幸から解放される。

わかっていても、初めて歌舞伎町のスナックで拳銃の引き金を引いたときよりも、ここで判を一つ押すことの指の動きの方が重く思えた。

そのとき小森は視線を感じて顔をあげた。

静枝と目が合う。

「及川さん、この書類、急ぎじゃないよね?」

聞かなくてもいいことを聞いてしまった。

「大丈夫ですよ」

答えた静枝が、小森のことを哀れんでいるように思える。

（なぜ躊躇する？　憎くもない相手だからか？　憎いとか憎くないとか、好きだとか嫌いだとか、そんな「私」の感情をさし挟んでどうする？）

自分を叱咤する小森。リストの二人の寿命は少なくとも三日延びた。週末に入ったのだ。

26

土曜日。いつもの投稿サイトで、「彼女」の画像は更新されていなかった。

「あら」

妙子は期待がはずれて、不満そうに呟いた。

「先週と同じ画像だな。さすがに飽きてきたんじゃないか？」

小森はなぜかホッとして、そう推測してみせた。

「そうかしら？　まあ、海外にでも行ってる可能性だってあるしね」

妙子は「彼女」が爛《ただ》れたセックスを公開することに飽きた、ということだけは認める気にならないようだ。

他の投稿写真は、「彼女」の痴態を知る者には物足りないものばかりだった。雑誌のグラビアよりずっとリアルではある。だが、「彼女」の画像に比べると、どれも不潔に見えた。「彼女」はどんなポーズでも、どんなに変態的な行為をしていても、なぜか気品を感じさせた。

妙子はつまらなそうにマウスを操作していたが、

「あ、そうだ」

と、不意に小森を見て言った。

「大事なこと忘れてたわ。桜子ちゃん結婚するんだって」

小森の脳裏にウェディングドレス姿の「お嬢様先生」が浮かんだ。

「え？　下田さんと結婚するのか？」

「違うのよ」

「まさか望月と？」

「それも違うの。桜子ちゃん、婚約者がいたんだって」

どういうことだろう？

「結構な玉の輿らしいわよ。いいところのお坊ちゃま摑まえてたんだってさ」

「そうか、これで北川先生も男に弱味につけ込まれる人生から解放されるわけだな」

小森は、辛い目に遭って泣いては男と寝ていたお嬢様先生を祝福してやりたいと思った。

「何甘いこと言ってるの！　違うでしょ」

妙子に怒られた。

「え？　違うの？　何が？」

「桜子ちゃんは弱いわけでもなんでもなかったってことよ。ずっとしたたかなの。玉の輿を確保しておいて、その婚約者が留学先から帰るまで羽を伸ばしてたらしいわ。自分から男を食ってたの」

「嘘！　じゃ、下田さんも望月も食われてたってこと？」

「そう」

「下田さんかわいそうだろ」

「かわいそうかな？」

「だって女房があれで、若い恋人がこれかい？」

「そうよ。あれだし、これだわよ」

体育館の保護者会で発言している下田の姿が浮かんだ。立派だった。正義の輝きがあった。

国立競技場で見たラガーマン下田の姿が浮かんだ。かっこよかった。ヒーローだった。

「結局女を見る目がないというか、甘いんじゃないの」

妙子は一刀両断だ。

小森は下田の情けない姿を想像しようとした。「彼女」に蔑まれている姿。北川桜子に一方的に別れを告げられてすがりつく姿。しかし、どちらの絵にも全裸の小森自身が現れてしまい、下田の姿を映像にできなかった。

パソコンの画面にはふしだらで下品な女たちの画像が次々に現れていた。だが、小森の分身は妙子を喜ばせそうにない。

なぜか小森の足元の「正義」がぐらついているように感じた。

翌日は美香のバレエの発表会だった。

会場の区民ホールにはKSCのメンバー全員が足を運んでくれていた。これも大高の演出の一環なんだろうか？

楽屋の前の廊下で、バレリーナらしく髪をまとめてメイクした美香は、静枝から大きな花束を受け取り、KSCのみんなと記念撮影をしてはしゃいだ。

確かに健全なサークルっぽい面を強調することはメンバーに安心感を抱かせるかもしれない。小森が幸福な家庭生活を営んでいることを示す、象徴的な場面に立ち会わせることも重要なのだろう。

その演出にのれる者たちが小森は羨ましい。小森自身にとってはこのからくりは見え透いている。

この日ずっと大高はビデオカメラで記録し続けた。わざわざカメラマンまで連れてきている。聞けば、KSCのプロモーションビデオを作るらしい。誰に見せるつもりなのか。

「紹介するよ。いつも俺がお世話になってるカメラマンの伊藤《いとう》さんと助監督の広田君《ひろた》」

向き合った伊藤と広田の目は、いきなり「教祖」を見る目だった。

「二人とも次の会合から出席させてもらうから」

大高が二人の「目」を説明するように言うと、

「よろしくお願いします」

伊藤と広田は同時に頭を下げた。また増えた。会社以外にもメンバーは増殖していくのだ。

月曜日。会社に向かうことが小森には苦痛になっていた。苦痛の原因はわかっている。デスクの上のリストだ。

まだ判を押していない。

今日も判を押す自信はない。

同じ職場の北沢や静枝の咎めるような視線が待っているような気がして、電車の中でも胃が痛くなった。

しかし、待っていたのは教祖を見る目だった。誰も小森のデスクにリストが置かれたままなのを気に留めなかった。

社内で出会うKSCメンバーは、前日の美香のバレエを挨拶代わりの話題にした。

小森は自分の中の「正義」がぐらついてきたことを悟られまいと、平静を装った。

この週の会合では、大高が紹介した二人に加えて、三人の入会者があった。

殺害候補にあがるニンゲンモドキが追加され、小森のデスクのリストの上に新たな数枚が重ねられた。小森はその中に自分の知った顔のないことだけを確認して、手をつけなかった。

次の週もメンバーが増えた。メンバーが増えるということはそれに比例して提出されるリストも増えるということだ。小森はデスクの上の書類が倍の厚みになることを覚悟した。

その日は月の最後の会合でもあったので、会費が徴収され、静枝が会計報告した。

「今月は『処刑』は行われていませんので、そのための出費はありません」

小森はドキリとして周囲を見たが、誰もこの事実に特別な意味を感じていないようだった。

「花束購入」というのは美香に渡された豪華な花束のことだろう。

「弾丸」というのは来月に備えて購入したという二百五十発だ。

「年内はこれで足りると思います」

静枝は淡々と説明した。

「それと、弾丸については領収書はありません」

誰も笑わなかった。

「最後のセメント代は、井戸の底に流し込んだものです」

一番最近の殺人を思い出させる報告だ。いつのまにそんな作業を行ったのだろう？ 辻の上に重なるようにしているはずの高広は今はセメントで固められているわけだ。あの井戸をいっぱいにするには、今デスク上で待機しているニンゲンモドキで足りるのだろうか？


デスクの上のリストは手つかずのまま、また週末となった。

土曜日は区立体育館で区の中学校のバスケットボール大会があった。

二中の小森敏宏選手には大応援団がついている。前田も恐縮して、試合前にわざわざ立ちあがって小森たちの方に頭を下げてくれた。まさか殺人のための集団とは思っていないだろう。

いつもの二中の体育館とは違って観客席も広い。小森は下田の姿を探したが見つからなかった。仲太郎はスタメンに復帰している。下田なら必ず顔を出すと思うのだが、やはり北川桜子に去られたことで傷ついているのだろうか？

敏宏は選手としての輝きを増していた。当初素材としては仲太郎の方が上だと思われていたのが、今は完全に逆転している。それは一時期仲太郎が練習に参加しなかったことは関係ないようだ。敏宏に潜在的才能があったということらしい。

よそのチームも「二中の小森選手」をマークしている。この大会でのちょっとした注目選手である。そのことはＫＳＣの面々を喜ばせ、小森の「教祖」としての価値をあげた。大高の指示で伊藤と広田が撮影に忙しい。

敏宏の選手としての成長は、小森の目にも鮮烈だった。以前と比べると得点力が格段にあがっている。距離と角度に関係なくかなりの確率でシュートを決め、ディフェンスが距離を詰めるとシュートフェイクからドリブルで抜き去り、ダブルクラッチでシュートを器用に放つかと思えば、ゴール下の仲太郎に絶妙のパスを入れる。それを相手が警戒して距離を保って守ろうとすると、再び簡単に外からのシュートを決める。相手チームは手の施しようがなく、点差はどんどん開いていった。

一試合目は、まさに敏宏のワンマンショーで、二中は圧勝した。

次の試合まで三時間以上あるということで、

「今日はありがとう。せっかくの土曜日ですから、皆さんこれでお帰りになったらどうですか?」

と小森はメンバーに気を遣ったが、誰一人として帰る者はいなかった。敏宏の活躍を自分のことのように喜んでくれているのだ。

(ますます宗教じみてきたな)

小森は当惑した。

芸術面での成果などを自分たちの教義の勝利と結びつけて喧伝するのは、古くからどの宗教でもやってきたことだ。狂信的信者が軽々しく口にする奇跡ほど小森が苦々しく思うものはないのだが。

家族三人で観客席の下の通路に出たところ、前田の夫人に出会った。

「あなた、いらしたわよ、小森さん」

夫人が少し離れた場所にいた夫を呼ぶと、前田は小森の知らない人物を伴って小森一家の元へやってきた。

「ご紹介します。京南《けいなん》学園の加藤《かとう》先生です」

色白の前田の頬が紅潮している。

「はじめまして加藤です」

やはり体育教師らしいきびきびとした動作で加藤が名刺を差し出す。

「あなた、京南学園はインターハイの常連校なのよ」

妙子が少し興奮した声で言った。

「一昨年はインターハイで優勝しています」

前田が補足するように言う。

「へえ」

小森がバスケットに関心を持つようになったのはごく最近だ。高校バスケットの勢力図までは頭になかった。

「いやあ、敏宏君は素晴らしいですね。体もまだまだ大きくなるでしょうし、楽しみな選手です」

そんな名門校の監督に息子が褒められるのは嬉しい。

「高校進学についてはもうご家族で話し合われてますか?」

小森は妙子と顔を見合わせた。進学についてはまだ具体的な話はしていなかった。それを正直に答えると、

「そうですか、今度敏宏君も交えてゆっくりお話しさせていただきたいんですが。はっきり申しあげてバスケット選手としてぜひウチでやっていただきたいと考えてまして」

どうやら敏宏の実力は本物らしい。親の欲目でなかったことが何より嬉しかった。前

田も嬉しそうで、

「加藤先生は私と女房にとって大学の大先輩でして、私も加藤先生に認めていただけるような選手を育てるのが夢だったんです」

興奮して少し早口になっている。

加藤は小森の名刺を受け取ると、次の試合を観戦するということで一旦関係者席に戻って行った。

前田夫妻は、今後のことを説明してくれた。おそらく敏宏は京南学園へは特待生として招かれるだろう。そして順調に行けば高校三年間で全国大会を何度か経験して、その後はバスケット選手として大学にも進学できるだろう、と言うのが夫妻の見通しだ。

「おそらく大学も特待生で行けると思いますよ」

その点まで前田夫妻の見方は一致していた。敏宏にはそれだけの才能があるという。話を聞いているうちに、小森だけでなく妙子も美香も、誇らしさで目を輝かせていた。

「とにかく、この件は今度ゆっくり。二試合目もご覧になりますか？」

「もちろん」

「それでは後ほど。あ、そうだ。いつも応援にいらしてくださる方々はお知り合いですか？　ありがとうございます」

「サークルのメンバーなんですの」

小森の横で、妙子が小森から説明されたままを答えた。

「そうなんですか。何のサークルですか？」

今度は前田の横で夫人が聞いてきた。答えに詰まった妙子はニコニコと笑顔を返すのみでごまかしてしまった。

家族だけになってから妙子が問いつめてきた。

「そうよ。サークルって何のサークル？」

「だからKSCだって」

「どういうサークルなのよ？」

「みんなの生活を良くしましょう、ってサークルだよ」

「それがどうしてKSC？」

「……小森生活向上クラブ」

妙子はさらに追及したかったようだが、小森が敏宏の話をふると再び熱中してしまい、詳しい説明まではしないで済んだ。

三時間後、二中の二試合目を観戦するためにメンバーたちと観客席に戻った。小森一家を取り囲むようにして、KSCのメンバーが座った。メンバーの顔を眺めているうち、敏宏が高校大学と進んでこのメンバーも膨張し、最後は観客席全体が殺人者の集団になることを想像して、小森は一瞬眩暈《ままい》を覚えた。

二試合目も二中は相手を圧倒した。敏宏はマッチアップした相手だけでなく、相手チーム全体を翻弄し続けた。

二中の試合が始まるときに観客が増えたのは気のせいかと思ったのだが、そうではなかった。小森選手のプレイを見るために観客が増えているのだ。

バスケット部以外の二中の生徒もわざわざ応援にきている。女生徒が多く、黄色い声援が敏宏に浴びせられた。

「お兄ちゃん、モテモテだね」

妙子と美香は勝ち誇っている。その気持ちは小森にもわかる。これほど自慢できる息子は滅多にいない、そう思ったとき、以前の自分の考えが突然蘇ってきた。

(二十歳未満の少年が罪を犯しても氏名が公表されないから、育てた責任のある親は特定できないのに、親が犯罪者になると、その子供は特定されてしまう。これは逆ではないか)

そうなのだ。この素晴らしい息子の人生を自分が台無しにしてしまう恐れがあるのだ。

敏宏からのアシストパスを受けた伸太郎がシュートにいったが、はずした。相手のセンターと伸太郎がリバウンドを競り合う。その後ろから跳んできた敏宏が、二人の長身選手の頭上で躍っているボールを両手でもぎ取ると、伸太郎をスクリーナーにして鮮やかにジャンプシュートを決めた。

敏宏がリバウンドを奪った瞬間に、観客席全体から「ウオー」というどよめきが起こり、続けてシュートを決めると大歓声が起こった。その真っ只中にいて小森は全身に鳥肌を立てた。じわっと涙ぐんでしまう。

「すごい奴だ」

学生時代、ラガーマン下田に見た輝きを、今自分の息子が放っている。

（俺はあいつの父親として相応しいのだろうか？）

これまでの人生のすべての面でこの息子に劣っている気がする。誇らしさと情けなさがない交ぜになった状態で敏宏に声援を送り続けた。

二中の圧勝で試合は終わった。

ＫＳＣのメンバーはコート上の選手に拍手を送ったあと、小森一家にも拍手してくれた。何も知らない美香は、ただただ誇らしげだ。自分のバレエでも、兄のバスケットでも、常に足を運んで応援してくれる人々。それだけ慕われている父。

小森にはそんな美香の表情がまぶしかった。

全員でぞろぞろと観客席を下り、体育館の正面玄関で解散となった。大高が耳元で、

「そろそろリストの方よろしく。焦れるメンバーが出る前に」

小森は無言で頷いた。

明後日の月曜にはある程度結論を出さなくては。

KSCのメンバーが帰ったあと、家族で敏宏が出て来るのを待つことにした。

「小森さん」

呼ばれて振り返ると、下田が立っていた。そして、

「！」

その横に「彼女」が。

小森は大声で叫びそうになった。

頭の中のスクリーンに、「彼女」の痴態が次々と浮かんだ。

「あら、奥様お久しぶりです」

妙子は平然と挨拶している。

どういうことだ？　どうなってる？

誰にも聞けない質問が小森の中で反響し続けた。

「あなた、下田さんの奥様、はじめてよね」

妙子が言うそばから、

「はじめまして、下田の家内でございます」

上品な物腰で「彼女」が挨拶してくれた。

「はじめまして」

ようやく小森はそれだけを口にした。口の中が一気に渇いた。

「いやあ、敏宏君は素晴らしいですね。あれだけの選手は、中学生のレベルではちょっといないでしょう」

下田は機嫌よく饒舌だった。

(あんた、それでいいのか？ この女がどういうことをしていたか、知らないあんたじゃないはずだ)

「彼女」は上品なスーツを着ていた。アパレル関係の管理職の夫を持つ妻に相応しい。つま先から頭のてっぺんまで隙というものがない。

その隙のなさが逆に欲情を呼ぶのだ。

(俺は知ってる。全部知ってる)

このスーツの中に淫らなセックスが蠢《うごめ》いている。ただのスケベとは段違いの、死の淵を覗き込むような凄まじい変態行為を繰り返す、欲望の塊がこの女だ。

体育館から選手たちが出てきた。敏宏と伸太郎が並んで歩いてくる。

「お疲れさま」

下田が伸太郎に呼びかけると、伸太郎は笑顔を返した。両親の間に立った大柄な息子の肩のあたりを「彼女」がさするようにしている。

その動作でさえ小森の頭の中でセックスと直結してしまい、体を熱くさせた。

敏宏は妙子に、

「他の人たちもう帰ったの？」

と尋ねている。ゲームに集中していても、自分に送られる声援には気づいていたようだ。

「小森さん、どこかに寄って帰りませんか」

下田は以前のようにファミレスにでも行こうかという感じだが、小森は咄嗟にどう答えればいいかわからなかった。

「すみません。この子たちのおじいちゃんがきてるものですから」

横から妙子が答えて、美香と一緒に先になって歩き始めた。

「じいちゃん？」

敏宏は怪訝《けげん》な顔をしたが、下田一家に丁寧に挨拶すると小森とともに母と妹のあとを追った。

27

夕食はちょっとした祝賀会になった。

「ほんとに京南学園でやれるのかなあ？」

敏宏は何度も言った。まだ信じられないらしい。

「どうなんだ？　普通に受験して京南学園なら行けそうなのか？」

小森はそのことは先生にも念を押すつもりだった。バスケット選手として評価されていると言っても、勉強でついていけないのでは仕方がない。文武両道を目指すのは人間として当たり前のことだと思っている。

「京南学園なら、たぶん大丈夫と思うけど、でもあそこは国立大学を目指す秀才クラスみたいなのがあるんだって。そこに入れるかどうかはわからないね」

「そんなクラスがあるのか？」

小森は都内の高校の事情には疎かった。自分自身は、市内に県立高校が一校しかないような田舎での受験しか知らないのだ。

「京南学園て、毎年東大にも何人か合格するのよ。野球は甲子園にも行くし、バスケットも強いし、勉強もちゃんとするところがすごいわよね」

妙子は、多少知識を得ているようだ。

「まあ、いずれにしろ頑張った甲斐があったってことだなあ」

小森はしみじみとした口調で言い、敏宏に同意を求めた。

「うん」

敏宏本人は照れ臭げだ。

「でも、下田も一緒に行けないかなあ」

息子が、自分のことよりもチームメイトを気にすることに、小森はさらに感動した。

下田の名が出ると、妙子は小森の方を少し気にして、

「仲太郎君は以前《まえ》みたいに頑張ってるの?」

と敏宏に探りを入れた。

「うん。一時期練習出なかったのはね、親とうまくいってなかったんだってさ。今日はあいつん家《ち》の両親きてたじゃん。もう解決したんだろう。姉ちゃんは家出してるらしいんだけどね」

どうやら、子供たちには詳しい事情は知られていないようだ。もしかすると、仲太郎自身には知られているかもしれないが。

敏宏はさすがに二試合分の心地よい疲労から、美香も応援で興奮した疲れから、土曜日にしては早めに就寝した。

妙子と二人だけになると、小森は一番しゃべりたかったことを話題にした。

「どうなってるんだろう? 下田さんのところは」

「どうって、元の鞘におさまったってことでいいんじゃないの」

「おまえだって言ってたろ、元に戻るのは無理だって」

「誰だってそう思うわよ。あんなにあからさまに実態を見せられたらね。自分に置き換えたら絶対ありえないと思ってたけど、実際ああして夫婦で息子の応援にきてるんだも

複数の男と絡んでいたあたりから、それは予測されてもよかったかもしれない。そもそも一人の男に納まる「彼女」じゃないのだ。

こういうときは、男よりも女の方が順応性があるというか、現実を受け入れる度量があるのかもしれない。

年下の妙子が自分よりもおとなに感じるのは、こんな面を見せられたときだ。

「許せるかなあ」

小森はそう言って、これまでのことを反芻し始めた。

パソコンの画面に自分の妻の淫らな画像を発見して、若い愛人の存在を知り、追及すると、

「あんたなんか若いときだけじゃない」

と、子供のいる前で罵声を浴びせられ、家を出て行かれてしまう。

これだけで下田のダメージは相当なものだろう。その上、引き続いて投稿サイトで若い男と変態的なセックスに耽《ふけ》る妻の姿を見せつけられる。弱い男なら自殺しているのではなかろうか。

小森は妙子の過去を聞かされただけで気が狂いそうになるほどだ。嫉妬の炎が消えることはなく、自分がコントロールできなくなってしまう。

下田の場合は現在進行形だったのだ。

（今こうしている間も、妻は他の男に抱かれている）

そう思って身悶えしたことがあったはずだと思う。それも想像だけとか、状況証拠だけという話ではなく、そのものズバリの、言い訳しようのない画像を示されるのだ。

そんな妻が帰ってきたからと言って、はいそうですか、とすんなり元通りになれるのだろうか？

「いつ帰ってきたのかしら？」

妙子がそれを気にした。

パソコンを起動させて、いつもの投稿サイトを開いてみる。

「まだ削除してないわ。どうするつもりかなあ？」

「彼女」の投稿画像は最初のものから全部残っていた。最後の更新は二週間前である。

「結局投稿してたのは、彼女自身じゃないんだろう。自分では削除できないんじゃないか？　見ることはできても」

自分で言ってしまってから小森は想像を巡らせた。下田夫婦は、小森たちが以前したようにパソコンの前で絡み合っているのではなかろうか。

倒錯した興奮に包まれるはずだ。他の男と睦み合っているその姿を見ながら自分の妻を抱く。羞恥の極みともいえる画像を晒しながら、夫に抱かれる。

だが、本当にそれでいいのだろうか？

今日、我が家の息子に起こった嬉しい出来事と、そこに居合わせた下田夫婦がいかにもそぐわない気がした。

その後、土曜の夜には珍しく小森は妙子に挑まなかった。

不満そうな妙子はすぐに寝入ったようだが、小森はそうはいかない。

船出しようとしている敏宏の人生を狂わせかねない自分の存在。

倫理から大きくはずれた下田の妻の行動。

あんなに輝いていたはずの下田の哀れな幸福。

結論を迫られているニンゲンモドキのリスト。

ベッドの中で、小森の脳は休むことがなかった。それぞれが無関係なようで、実は連動している問題だ。

KSCでは、ニンゲンモドキの処刑について小森の最終判断を待っている。大高の言うように、あれだけの数のメンバーが望むのなら、処刑して間違いないとも思う。小森の立場は、陪審員の出した結論で判決を下す裁判官のようなものともいえるだろう。

だが、これまで小森が単独で行った処刑に確信がもてなくなると、KSCの存在自体を考え直してしまう。

確信のあったものがぐらついてきた理由が下田だった。あれが下田にとっての幸福と言うなら、小森の価値基準は大きく方向転換を迫られる。

(本当にあの人はあれでいいのか?)

人の幸福とか、正義とか、自分ではわかっていたつもりのものが、実はこんなにも脆《もろ》くて崩れやすいものだったとは。

まず、自分の人を見る目のなさは、わかってしまうと恐ろしいほどのものだ。

植田は、官僚的あるいはサラリーマン的教師の最たるものと信じていたのに、実は熱血教師で、教育の荒廃の中で「戦死」していった。

その同僚の北川桜子は、世間知らずのお嬢様で、仕事の上で困難にぶつかると激しく動揺して、そこを男につけ込まれて、誰とでも寝てしまう情けない教師。そう思っていたら、とんでもなく計算高くしたたかな雌ギツネがその正体だった。

下田はたくましく爽やかなスポーツマンで、背中に一本筋の通った男の中の男と思っていたのに。

(百歩譲って、女房に逃げられて若い女に溺れてたところまではいいよ)

男の美学みたいなものを理解できない女房に罵られ、去られたところまでは同情できたのだ。

その女房が、若い男と変態メニューを全部こなして、

（ただこなしてただけじゃないぞ。全部が全部十段階評価の十点だった）

それを撮影して公開するような超スケベ女だった。

（まずい）

そのことを思い出したら、妙子とはその気になれなかった小森の体がその気になってしまった。小森はベッドの中で姿勢を変えた。

あれだけのことをして、何事もなかったように帰ってきた女の厚かましさがわからない。

それを受け入れた下田がわからない。

本人に聞けば、子供のためとかなんとか、それなりの理由をつけてくるだろう。

（とりあえずあの女房はニンゲンモドキだな）

倫理にはずれるということからすれば、第一級ニンゲンモドキに違いない。だが、処刑すべきかといえば、

「本人たちが幸福だからいいんじゃないの」

という妙子の言葉に従うしかない。それに、小森自身の「小さな幸福を配る」論と「小さな不幸をばら撒く」論からいえば、あの女房は悔しいが「小さな幸福」をあの画像を見た人々に与えたとも言えなくもない。

せめて、下田にはあの女房を拒絶してほしかった。

「あんな女は死んだ方が家族のためです」

ぐらい言えないものだろうか。

こうして自分の「見る目のなさ」を痛感すると、以前の処刑の正しさが根底から怪しくなってしまう。

「ロバ女」小鹿。

歌舞伎町のスナックの六人。

オヤジ狩りの不良ども。

殺してよかったと思っていたのに。

何が正しくて、何が間違っているのか。

自分が間違っていたとしたら。

敏宏は正しい。十四歳の敏宏は間違える前の人間なのだ。その敏宏の人生を父親の自分が台無しにしてしまったら。

眠れないまま日曜の朝となり、日曜の夜も眠れないまま月曜の朝を迎えた。

食欲はない。

朝のコーヒーも無理やり流し込む感じだ。

電車の中ではまわりと同じリズムで揺れながら、なるべくものを考えないようにした。

会社に着いた。

綺麗に片付けられたデスクの上には、処刑リストが週刊誌の厚さになっていた。

それをなるべく見ないようにして一日をなんとか乗り切った。

その繰り返しが四日ばかり続いて、ＫＳＣの会合の日になった。

またメンバーが増えていた。

驚いたことに、新メンバーの一人は磯村部長だった。上司が「信者」になるとは。

会合で磯村部長はさっそく目標になるニンゲンモドキをあげていた。家を新築したときの施工業者だそうだ。

「これは私怨ではありません」

部長はなんどもそう繰り返していた。なんでも、とんでもない手抜き工事をされた家は一軒や二軒ではないという。

他のメンバーも口々に熱っぽく自分の提案したニンゲンモドキについて語った。

（いいなあ、『正義』に確信があって）

次々にリスト入りが承認されていく。その分、小森のデスクに積まれる書類が厚みを増すわけだ。

28

次の週も同じ調子だった。

小森以外の人間はみんな元気だった。「正義」を胸に、高揚している様子だ。

KSCのメンバーは順調に増え続けている。会合の場所も大きくなり、会場前にたむろしていた何も知らない若者同士が、

「何の会合かな?」

「やばそうだな。マルチだぞマルチ。ネズミ講かな?」

と会話しているのも聞いた。

小森のデスクの上で書類は電話帳ほどにもなってしまった。判は一度も押していない。

メンバーたちは、ジリジリしているというよりワクワクしているようで、小森の優柔不断を責める様子はなかった。

「なにせ人の命がかかってるんだからな。会長が慎重になるのも当たり前だ」

「何かお考えがあるのだろう」

と、小森の「教祖」の立場を補強する方向に作用している。

周囲のモチベーションは維持されているというよりアップしている中で、小森だけは

すべてにおいてダウンしている。それで不満を漏らしているのは、今のところ妙子だけだが。

「どうしたの？『彼女』の新作ないとダメなの？」

「そういうわけじゃないんだけどさ」

「下田さんのお宅、また揉めてくれないかしらね」

「よせよ」

「だって、あなたがこうじゃ仕方ないでしょ。そうだ。私と高坂さんとのこと、また聞きたくない？」

「勘弁してくれ」

嫉妬するのには体力が必要だとは、こうなるまでは知らなかった。

小森は睡眠と食欲のどちらか一方だけでもほしかった。

「みんな焦れてるわけじゃないよ。だけどそうなる前に一人か二人だけでもかまわないから、進行させた方がいいな」

大高が会社に電話してきた。

「わかった」

答える小森の視線の先には積みあげられた書類がある。

電話を切ると、小森は決意を固めるために考えをまとめた。

(ニンゲンモドキだ。この中には、手数料のノルマを果たそうと、客の利益を度外視した証券会社の男で、それが平気になったばかりか客を破滅させることを楽しんでいるようなニンゲンモドキがいる。ただの怠け者で、ヒモのような生活をして、女の人生をブチ壊した上に親の年金にまで手をつけるニンゲンモドキがいる。矜持もなく高い給料目当てに銀行員になり、資金繰りに苦しむ町工場の経営者に『こんな会社やめたらどうですか』と平気で言ったニンゲンモドキがいる。少しずつ他人を不幸にしているニンゲンモドキを殺せば、少しずつでも幸福を配ることになる)

小森は朱肉ケースの蓋を開けて、判を手に取った。

顔をあげると職場の全員に注目されていた。どの顔も毎週の会合で見る顔だ。会社がほとんどまるごとKSCに吸収されているようなものだ。

(君たちは信者なのか?)

心の中で問いかけると、全員が頷くのが見えた。

(俺は教祖かね?)

続けて問いかけると、一斉に頷いているのがわかった。

小森は納得した。

(ウワーッ)

心の中で叫びながら、一心不乱に判を押した。

見ている全員が心の中で拍手しているのを感じた。


KSCが動き出した。

小森と北沢が単独で動いたときや、金子と内海が加わった当初と違い、何事も起こらなかった。

世間的にはである。

何事も起こらない。誰かがいなくなるだけだ。

嫌な誰かが突然消えて、周りの人々が喜んだり、ホッとしたりする。それだけだ。

捜索願すら出されないことが多かった。

誰かが突然いなくなった会社でも、探して罰しようとする動きは出ても、心配して探すということはなかった。

そんなニンゲンモドキばかりが選ばれていたのだから、当たり前だ。

小森の会社では社員たちが生き生きとしだした。仕事の効率も上っている。正しいことをしている。よいことをしている。

そう思えることは、人間の表情を明るくさせる。

小森にも覚えがある。ストレス解消には嫌な奴を殺すのが一番だ。

処刑されたリストは「済」の印をつかれて小森のデスクに戻ってきた。

ある日そんな「済」のリストに目をやっているところへ磯村部長がやってきて、突然小森の手を取り、強く握ると、

「例の手抜き工事しやがった悪徳業者、一昨日から行方不明なんだ。どこに行ったのかな」

上機嫌で言った。

毎週の会合では、結果報告が聞かれた。

「即死でした。本人も何が起こったかわかってないと思います」

「私に気づきましたが、ちょうどいいカモが来たぐらいにしか思ってなかったようです。撃たれる寸前までヤクザ口調でしたから。撃たれてから、とどめをさされるまでは助けを乞いました」

「公海上に置いてきました。今頃は魚の餌です。どうしてこういう目に遭うか、きっち

り説明しときました。死ぬまで考える時間は結構あったと思います」

マルチ商法でよくある、成功者の経験談みたいに報告が終わるごとに拍手が起こった。報告のあとには、新たな候補の提案があり、ＫＳＣの活動は途切れることはなさそうだった。つい最近も、弾丸追加購入の稟議書に判を押したばかりだ。

29

疲れた。

これではストレス解消にはならない。二つの会社の管理職を務めているようなものだ。判を押すことで命が消える。その重さを感じている暇さえなかった。

小森は疲れているが、小森の周囲はどんどん元気になっていく。

及川静枝など、まさに天職を得たとばかりに会社でもほぼＫＳＣの業務に集中している。北沢、金子、内海、尾西も静枝の指示で昼間から動いている。会社全体がＫＳＣみたいなものだから、文句を言う者もない。

小森は周囲を幸福にしている。

ただ一人、妙子を除いて。

ロバ女を殺してから、夫婦は男と女として復活した。それ以来妙子の幸福は続いてきた。下田の妻の痴態を香辛料《スパイス》にしてさらに二人は盛りあがった。

その香辛料がなくなったら、夫婦生活が途絶え気味になってしまったのだから、当然妙子は面白くないだろう。

会社に行くときのプレッシャーはなくなったが、寝室に入るときが辛くなってきていた。


その日は帰り際、北沢に「新しい古井戸」の報告を受けた。

「なんだその『新しい古井戸』ってのは。新しいのか、古いのか」

「あ、そうですね。言われてみれば変な言葉ですね。つまり前の古井戸がそろそろ『満員』なんで新たに見つけてきたってことです」

「意味はわかってるよ」

「それで千葉の成田の方なんですけど、見つけてきました」

「あ、そう」

「さっそく使いました」

「早いな」

「手ごろなニンゲンモドキがいたもんですから。近所の嫌われ者だった主婦なんですけど、嫌なババアなんですよ。杉並の結構いいところに住んでたのに、今は千葉の古井戸です」

北沢は、よくしゃべるようになった。こいつもこの仕事が一番向いていたのだと思う。世間を掃除する仕事だ。

小森はそのあと、帰りの地下鉄のホームでぼんやりとロバ女を突き落としたあたりを見ていた。

(あの頃はよかったなあ。あの女をここで殺してやったときは、世間が急に明るく見えたもんだ。何もかも違って見えた。今はなあ、北沢があんなに元気なのに、俺が疲れてるんじゃあなあ。元々あいつを次に殺す予定だったのに。納得いかないよ)

電車がきた。混んだ電車の中で心を「浮かせ」始めている自分がいる。

「ただいま」

家に入ると、子供たちも帰っていた。

敏宏は体がますます大きくなって、たくましさを増している。制服を着ていても、初対面の人にスポーツマンであることを指摘されるという。バスケット選手としての未来は明るい。

そんな兄に刺激されてか美香のバレエ熱は以前より拍車がかかっている。こちらもバレリーナらしいのびやかな線で筋肉が発達してきている。

（ふーん、親父の俺は何なんだろうね）

子供たちを頼もしく思いながらも自嘲的に心の中で笑い、小森は夕餉の食卓についた。

子供たちは明るい表情でよく笑い、よく食べた。

自分のことでこの子たちの人生を台無しにしてしまう心配はもうやめた。むしろ、

（敏宏も美香も、嫌がらせする奴や、いじめる奴いたらすぐ教えろよ。父さんが、KSCでそんな奴がいなくなるようにしてやるからな）

と前向きに考えるようにしている。実際、KSCはシステムとしてよくできている。

小森は判を押すだけで、血も見ずに誰でも抹殺できる。その上、会則でいえば警察の手がこの身に及ぶことはまずないのだ。


寝室での会話は艶っぽいものではなくなっていた。もっぱら子供たちの進学のことが中心だった。

この日は違った。

ベッドに入った小森を待ちかねたようにして、隣のベッドから妙子が顔だけ向けて話

し始めた。

「下田さんの奥さんね。今も若い男と続いてるって」

「どこからの情報だ？　なんでも知ってるおばさんか？」

「金内さん」

「あの人に紹介したい仕事があるよ。その情報収集能力を娘の保護者会にだけ使ってると罰当たるから」

「聞いてよ。ちょっと突っ込んだ情報なの。下田さんの元に戻る条件が、愛人との関係を続けさせることなんだって……驚かないの」

「もう、なーんにも驚きません」

「つまんないわね……だからあの奥さん、前と変わらないことを毎週してるって、複数の男とかと」

「下田さんも、もう平気というか何にも感じないんだろうなあ」

「そうじゃないの。感じてるのよ」

そういう妙子の目に力が入っている。

「下田さんも、奥さんと愛人が会うことに条件をつけたのよ。何だと思う？」

「妊娠だけ気をつけろとか？」

妙子は生き生きとした表情のまま首を横に振った。

「違うの。下田さん、奥さんと愛人のセックスをビデオで撮影してもらってるんだって。それ見て興奮して奥さんとするんだってさ。これって、夫婦円満よね」

「はあ……そこまで行きましたか。かっこいい人だったのになあ」

「うちは夫婦円満じゃないわよね」

「おまえ、ちょっとセックスなかっただけでそれはないだろ？　言っとくけど、俺は下田さんみたいに浮気は認めんぞ」

「わかってるわよ」

小森は、

（俺は人は殺すが浮気はしない）

という自分の中で唱えていた言葉を思い出して言った。

「俺だって浮気はしない」

「浮気以外の悪いことはするってこと？」

妙子が、小森の心の声に反応したように答えたので、一瞬ドキリとした。

「ねえねえ、また殺せば？」

血流が止まった。

思考も止まった。

数秒流れた。

「何を言ってる？」

「だって、あなた、殺したときの方が強いもの」

再び血流が止まった。

思考も止まった。

「殺した方がいい奴たくさんいるじゃない。ほら、大学の頃、改札通る人みんなに挨拶する駅員さんいてさ、そこでみんな少しずつ幸福になる話したでしょう？」

「おまえが？」

それだけやっと言えた。

「そうよ。大学の頃つきあい始めた頃。まだつきあってなかったっけ？　まあいいわ。それで逆もいるよねって。少しずつ人を不幸にする奴。そんな奴は殺していいって」

「おまえが？」

「そうよ。私が言ったじゃない。覚えてない？」

小森は起きあがり、ベッドの上で座りなおした。

「おまえが言ったのか？　俺じゃなくて？」

「そうよ。忘れたの？」

「おまえの考えだっけ？」

「そう。そのとき私はそう考えたの。だからそういう奴を殺しちゃいなさいよ。拳銃どこやったの？」

（知ってたのか？）

と口から出て行きそうな言葉をゴクリと飲み込んだ。

聞くまでもない。知っている。

それにショックだったのは、あの言葉、あの考え。

駅員の話。毎日挨拶する駅員の話。俺じゃなかったんだ。

（俺は何なんだ？　何だったんだ？）

ＫＳＣのメンバー全員の前で何度も話した駅員の話。それは、妙子の言葉だった。何のことはない。

（妙子だったのか……。ＫＳＣの精神は妙子が生み出したようなもんだな）

そして、静枝が組織を管理している。静枝の計画、静枝の指示で一糸乱れず動く組織。

それがＫＳＣだ。

（俺はお飾りの『教祖』か）

それも、大高によって演出された「教祖」だ。

「ねえ、聞いてる？」

いつのまにか、妙子も起き出して、小森のベッドに座り、小森の太ももに手を置いていた。

「投稿サイトの『彼女』の姿も、私の高坂さんとのセックスの話も、所詮香辛料程度なのよ。あなたを本当に奮い立たせるのは、正しい殺人よ。いいことをするのよ。みんなを幸福にするの。……私もね」

妙子は小森の太ももの上に向き合う形でまたがった。

「静枝ちゃんに全部聞いたわ」

妙子は小森の硬直した心を解きほぐすような優しい声で言った。

「静枝？　何を？」

「全部」

「全部って？」

「『ロバ女』から全部。謎が解けたわ。あなたの復活の秘密が」

ＫＳＣが家庭にまで入り込んでいた。

小森は、妙子に対して隠し事がなくなった安堵とともに、新たな不安を感じてそれを口にした。

「平気なのか？　俺は、その、……殺人者だ」

小森と妙子はお互いの目玉だけが見える距離で向き合っていた。

妙子の目が笑った。妖艶に笑った。

「静枝ちゃんに言ったの、私。おかげで私は幸せだって。お願い。また殺して」

耳元で妙子の声がして、柔らかい唇が小森の唇を覆った。

小森に力が蘇った。

30

このところ、ＫＳＣでは目標のニンゲンモドキを「ゴールド」と呼ぶことがあった。会長から戻されるリストの中に朱印ではなく、金で印を押されるものが混じるのだ。つまりそれは、小森自ら手を下すことを意味していた。

「ゴールド」が出ると、幹部以下に緊張が走り、計画の立案を最初からやり直すこともたびたびである。

この日はその「ゴールド」に対して行動を起こしているため、静枝のデスクの周囲はぴりぴりしていた。

「目標は確保できた？　『ゴールド』だからね。そのまま待機して。……もしもし及川です。『ゴールド』確保しました。予定通りにお願いします」

車の中で小森は目標のプロフィールを読み返していた。

このニンゲンモドキは、ジャズミュージシャンだというが、実力ははったりである。都内に親が広い土地を持っていたために、アメリカの音楽大学に行かせてもらったりして、さんざん甘えたあげく、帰国してからもまともに働かず、アメリカ帰りを持ち出して周囲をケムに巻いて生きてきた。結婚は早かったらしいが、ヴォーカルの女の子にやたらと手を出して顰蹙を買っている。ギャラの額を気にしない無欲なミュージシャンを気取るくせに、金への執着が強く、トラブルばかり起こしている。

小森は生年月日の欄を見た。

(団塊の世代だな)

女性関係のトラブルも多いもんだから、当事者の女性からも、周りのミュージシャンからも総スカンを食らっている。

(金の問題か、女の問題か、どちらか一方だけならここまで嫌われなかったろう)

性格もかなり屈折しているようで、親子ほど年の差のある若い女に手を出して、別れたあとにいろいろと嫌がらせをするのだという。

自分の方が妻帯者なのにだ。つまり別れ際が汚い。

その上、自分が浮気をしているくせに、他人の彼女にわざわざ電話して密告までしたという。

「彼氏、浮気してるよ」

(最低な野郎だな)

親の土地を手放したあと、とうとう立ち行かなくなって、またしても金銭トラブルを起こしたらしい。

(それがとどめか)

車のドアが開いた。

「準備できました」

北沢の声だ。

小森は車を降りると、北沢と内海に挟まれて歩いた。

「今日はキリがいいらしいな?」

「二百人目になります」

小森の問いに内海が答えた。

「どこから数えてのことだ?」

「もちろん『ロバ女』からです」

今度は北沢が答える。

「そうか。お祝いしないとな」

一人の男がパイプ椅子に座らされていた。周りには数人のメンバーがいる。

「ほう、さすがミュージシャンだ。着ているものも髭もおしゃれだな」

小森は男に話しかけた。男は恐怖で引きつった顔をあげた。

「だけど、あんたの人生は赤字らしいね。人生全体通して赤字のようだ。金だけじゃない。愛情もね。親の愛情。女房の愛情。女の愛情。全部あんたからは返ってこなかったってさ」

男は何か言おうとしたが、小森はそれを手で制した。

「昔ね、学生の頃。自動改札なんてまだなくて、駅員さんが鋏を入れてた頃、通る人みんなに挨拶してくれる駅員さんがいて、そこを通る人はみんな少しだけ幸福になってたんだ。それは小さな幸福だけど、積み重ねれば人の命を救ったほどの幸福になったと思うよ。その逆もあるよね。嫌な奴で周囲を少しずつ不幸にしてる奴。そんな奴の撒き散らす不幸は積み重ねれば人を二人か三人殺したぐらいになりはしないかな。そんな奴に相応しい罰は何だと思う？」

男は当惑したが、周りが一斉に、

「死刑」

と答えた。

「そういうことだ。あんた運がいい。二百人目だって。それにここは初めて使うんだ。この前までは成田の方だったんだけどね。三つ目の新しい古井戸だ。面白いでしょう？新しい古井戸」

言いながら、小森が手を出すと、北沢がその手に拳銃をのせた。

男の眉間を銃弾が貫いた。

似非《えせ》ミュージシャンは、パイプ椅子ごと古井戸に落とされ、待っていたメンバーがその上からコンクリートを流し込み始めた。

「ああ、いいことをした」

「ですね」

と内海が相槌を打った。

コンクリート班の作業が終わった。

「終わりました」

北沢が携帯で静枝に報告する。

「帰りましょう」

内海が全体に声をかけた。

車に向かいながら北沢が、

「今月の『ゴールド』はこれで終わりでしたっけ？」

と、内海に尋ねている。

「そのはずだけど……そうでしたよね？　会長」

内海は小森に確かめた。

「ああ、俺は月一人でいいよ。それぐらいが体調にもいいんだ」

田舎の空気を気持ちよさそうに吸って小森は答えた。

車に乗り込む前に夕焼けを眺める。

「都内じゃ、こんなきれいな夕焼けはなかなか見られんよなあ」

「ですね」

内海が相槌を打つ。

北沢は運転だ。

「さ、帰ろう」

先に車に乗ろうとした小森が振り返って言った。

「今の男の名前は何だっけ？　二百人目」

小森課長の優雅な日々（二〇〇四年七月小社刊）改題

双葉文庫

む-04-01

小森生活向上《こもりせいかつこうじょう》クラブ

2008年10月19日　第1刷発行

【著者】
室積光《むろづみひかる》

【発行者】
赤坂了生

【発行所】
株式会社双葉社
〒162-8540 東京都新宿区東五軒町3番28号
[電話]03-5261-4818(営業) 03-5261-4840(編集)
http://www.futabasha.co.jp/
(双葉社の書籍・コミックが買えます)

【印刷所】
大日本印刷株式会社

【製本所】
株式会社若林製本工場

【表紙・扉絵】南伸坊
【フォーマット・デザイン】日下潤一
【フォーマットデジタル印字】ブライト社

ISBN978-4-575-51230-4 C0193